취하기에
부족하지 않은

とるにたらないものもの
취 하 기 에   부 족 하 지   않 은 (원제: 하찮은 것들)

Copyright ⓒ 2003 by Kaori EKUNI
First published in Japan in 2003 under the title "TORU NI TARANAI MONO
MONO" by Shueisha Inc.
Korean translation rights arranged with Kaori EKUNI
through Japan Foreign-Rights Centre&Imprima Korea Agency

취하기에 부족하지 않은

펴 낸 날 2009년 3월 24일 초판 1쇄

지 은 이 에쿠니 가오리
옮 긴 이 김난주
펴 낸 이 이태권
펴 낸 곳 (주)태일소담
　　　　　서울시 성북구 성북동 178-2 (우)136-020
전　　화 745-8566~7 팩　 스 747-3238
e-mail sodam@dreamsodam.co.kr
등록번호 제2-42호(1979년 11월 14일)
홈페이지 www.dreamsodam.co.kr

I S B N 978-89-7381-971-3 03830

▪ 책값은 뒤표지에 있습니다.
▪ 잘못된 책은 구입하신 곳에서 교환해드립니다.

취하기에 부족하지 않은

에쿠니 가오리 지음
김난주 옮김

소담출판사

차례

초록 신호

  신호등의 녹색은 보통 파란빛이 도는데 어쩌다 순수한 초록이 눈에 띈다. 보행자용 신호가 아니라 주로 자동차 전용 삼색 신호등에 있다. 그런 신호기가 대체로 낡은 것을 보면 아마도 구식이 아닐까 싶다. 입안에서 쪽쪽 빨다가 작아진 눈깔사탕처럼 옅은 초록색.

  나는 그 초록 신호를 좋아해서, 가끔은 무척 보고 싶다.

  하지만 그런 신호기가 어딨는지 모르니까 찾아갈 수는 없다.

  평소 장소를 풍경으로만 보는 탓이리라. 내게 거리는 풍경과 풍경의 사이사이를 이어주는 전철과 버스와 택시로 이루어진다.

취하기에 부족하지 않은

이는 도무지 어쩔 수 없는 일이다. 내게 부족한 것은 방향감각이 아니라 방향이라는 개념 그 자체이리라.

그래서 그런 신호기는 언제나 불쑥 내 앞에 나타난다.

"앗, 저기 있다!"

싶을 때는 이미 스쳐 지나가고 있다. 파란불이니까 그럴 수밖에 없다. 빨간불이었다면 조금 더 오래 볼 수 있을 텐데, 하며 아쉬워한다.

"여기가 어디죠?"

이내 택시 운전사에게 물어보지만, 가령 "요요기." 란 대답을 들었다 한들 별 소용이 없다.

"앗!"

마음의 준비가 전혀 안 돼 있을 때 불쑥 시야로 날아들기 때문에 선물을 받은 것만 같아 더욱 가슴이 두근거린다. 어린 시절, 아빠가 간혹 선물을 사다 주었을 때처럼.

초록 신호는 저녁때 보면 유난히 예쁘고 정겹다.

한번은 진눈깨비가 흩날리는 저녁때 본 적이 있다. 신비롭고

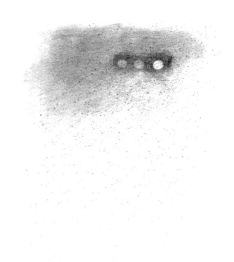

감상적이어서, 어딘지 모를 아주 먼 곳에 있는 듯한 기분이 들었
다. 하지만 역시,

　"앗!"

　했을 때는 이미 지나가고 있었다.

취하기에 부족하지 않은

고무줄

별다른 이유 없이 좋아하는 것 중에 고무줄이 있다. 왜인지는 모른다. 실용적이고 견실한 겉모양에 끌리는 것이리라. 그 색, 그 독특한 촉감, 그리고 그 소박한 모양새.

늘 어디에 필요한 것은 아니지만, 정작 써야겠다 싶을 때 손이 닿는 곳에 없으면, 나는 큰 실수를 저지른 듯한 기분에 젖는다.

어렸을 때, 고무줄 갑을 좋아했다. 갈색과 노랑이 섞인 그 상자는 복도 책꽂이에 놓여 있었고, 안에는 고무줄이 수북하게 들어 있었다. 새 고무줄은 표면에 고운 가루가 묻어 있었는데, 그래도 몇 개씩 한데 들러붙어 있었다. 상자에 손을 집어넣어 싸늘한 감촉이 느껴지면 행복했다. 필요할 때 언제든 사용할 수 있다는 안도감, 편리한 것이 넉넉히 있다는 풍요로움. 그런 때, 손가락 끝에서 풍기는 고무 냄새도 유쾌했다.

줄줄이 길게 이은 고무줄로 하는 고무줄놀이는 내가 아주 좋아하고 잘하는 놀이였다. 하얗고 넓적한 팬티 고무줄로 하는 것보다 훨씬 잘 늘어나고 발목에 감기는 느낌도 좋았다.

그 시절부터 나는 늘 긴 머리였는데, 머리를 땋거나 묶어줄 때 엄마는 머리용 고무줄을 썼다. 그런데 머리용 고무줄을 잃어버렸을 때는, 없으면 그냥 고무줄로 묶지 뭐―그냥 고무줄은 매끄럽지 않아 묶을 때 머리가 엉켜서 풀 때 아프고 뽑히기도 한다는 것을 잘 알면서도―, 하고 생각했다. 노란 고무줄을 무척 듬직하게 여기고 있었던 것이다. 우습고 어이없다.

그래서 찍 늘어나거나 말라비틀어진 고무줄을 보면 슬프다. 실로 서글픈 광경이다. 그런데도 할 일을 다하고 생을 마감했다는 장인 정신 같은 꼿꼿함이 엿보여 매력적이다. 지금도 부엌에서 그런 고무줄의 시신을 보면, 나는 경건한 마음이 든다.

레몬즙 짜개

유리로 된 그 레몬즙 짜개는 특별한 데라고는 하나도 없는 조리 도구였다. 그런데도 외할머니의 보물이었다. 할머니는 내내 우리 가족과 함께 살았다. 내가 어렸을 때는 심심찮게 놀아주었다. 같이 놀러 나갈 친구도 없었고, 혼자 외출하는 일도 없었다. 종일 집에 있으면서, 마시고 난 찻잎을 다다미에 뿌려 청소를 하고, 담배를 피우고, 텔레비전으로 스모나 야구 경기를 보는 할머니는 최고의 놀이 상대였다.

레몬즙 짜개는 옛날에 한 남자에게 선물로 받은 것이라고 했다. 먼 옛날에 할머니와 사랑에 빠졌던 남자. 이름이 뭔지, 어떤

일을 하던 사람인지, 나는 아무것도 모른다.

　내가 알기로 할머니의 보물은 그 레몬즙 짜개 하나뿐, 장신구나 패물은 전혀 없었다. 외국에 다녀오면서 기념으로 사다 주었다는 그 조그만 유리 도구가 남자의 유일한 유품인 듯했다.

　할머니는 그것을 아주 소중히 여겼다. 정말 사랑스럽다는 듯이 다뤘다. 하지만 할머니가 그 짜개로 즙을 짜는 것은 레몬이 아니라 귤이었다.

　이름 하여 오렌지에이드. 겨울이면 할머니가 종종 만들어주었다. 귤 하나를 옆으로 잘라 즙을 짠다. 짜낸 즙을 컵에 따라 설탕을 섞고 뜨거운 물을 붓는다. 달달하기만 할 뿐, 맛이 애매한 음료였다. 그래도 몸이 따끈해지면서 부드러운 귤 향이 났다.

아빠와 엄마는 할머니가 만들어주는 오렌지에이드를 마시지 않았다. 이유를 물으면, 아빠는 난감한 표정을 지으며 "별로 좋아하지 않아서."라고 대답하고, 엄마는 "그런 걸 무슨 맛으로 먹니? 너는 용케 잘 마신다."라고 대답했다. 하지만 내 입맛에는 아주 딱 맞아서, 툭하면 만들어달라고 할머니를 졸랐다.

크면서 할머니와 놀지 않게 된 후로는 내 손으로 만들었다. 중학생 때 친한 친구에게 만들어주었는데, 그녀의 입맛에는 맞지 않는 것 같았다. 그 후로는 어쩌다 보니, 나도 마시지 않게 되었다.

담배

.

    과거, 내가 선망한 남자는 도코로 조지[1]였다. 지금도 좋아해서, 주말 저녁때 라디오에서 그의 목소리가 흘러나오면 가슴이 철렁한다.

    몇 년 전 텔레비전 광고에서, 도코로 조지가 경쾌한 목소리로 "나보다 순한 프런티어."라고 노래하는 것을 보고는 혼이 쏙 빠져, 그 후로 프런티어를 피우고 있다.

    작년에 돌아가신 아빠는 내가 담배를 피우는 것이 마땅찮은지, "술은 마셔도 괜찮지만, 담배는 안 피우는 게 좋아."라고 했었다.

    하기야 아빠는 내가 하는 모든 일을 일단은 마땅찮게 여기기로

취하기에 부족하지 않은

결심한 사람 같은 구석도 있었으니까, 딱히 흡연 습관만 두고 그런 것은 아니었다.

내가 처음 피운 담배는 아빠의 '이코이'[2] 였다. 연기가 목에 걸려 숨을 컥컥거렸다. 그다음은 사촌 오빠의 체리. 체리는 향이 좀 좋다고 생각했다. 모두 오래전 일이다.

작년 설에 친정에 갔다가, 늦은 밤 아빠와 단둘이 있게 되었다.

"너도 아주 니코틴 중독이 되었구나."

아빠가 그렇게 말했다. 쓸쓸한 표정을 지으려 한 것 같은데, 술에 취한 탓인지 오히려 흐뭇해하는 것처럼 보였다.

"옜다, 한 대 피워라."

그러면서 아빠가 쇼트 피스를 내밀었다.

"그렇게 독한 건 못 피워요."

하고 사양하는데도 아빠는 무슨 생각인지 영어로,

"플리즈."

라고 말했다. 할 수 없이 한두 모금 피우고는 꺼버렸다.

"너무 독해."

아빠는 그 꽁초를 주워 바라보면서 후훗, 웃었다.

"이렇게 피우는 거다."

아빠는 쇼트 피스를 입에 물고 불을 붙였다.

"필터 없는 담배를 피우려면 아직 멀었구나. 입에 문 쪽이 축축해지면 안 돼."

나는 그 옛날, 깡통에 들어 있는 담배의 하얗고 얇은 종이로는 발레리나를, 은박지로는 게를 멋들어지게 접어주었던 아빠를 떠올리고 있었다.

---

1. 1977년에 데뷔한 만능 엔터테이너
2. '휴식'이란 뜻의 담배로 1948년에 출시되어 1960년 일본 최초의 긴 담배 '하이라이트'가 나오기 전까지 대중적인 담배의 대명사였다.

취하기에 부족하지 않은

조그만 백

조그만 백을 좋아한다.

바깥 주머니만 뱀 가죽인 갈색 미니 토트백, 검은 실로 짠 바구니 모양 백, 회색 나일론 베니티 백 등 몇 개를 갖고 있다.

지난 10년 동안 내게 변한 점이 있다면, 바로 그것이다.

전에는 큼지막한 가방을 좋아했다. 수첩과 화장품, 지갑, 약, 담배 외에도 500페이지짜리 문고본에 초콜릿, 경우에 따라서는 삼단 우산과 선글라스, 워크맨까지 들고 다녀야 할 것들이 아주 많았다.

조그만 백은 남자를 만날 때만 사용했다. 그때는 책도 우산도 초콜릿도 필요 없기 때문이다. 그런 외출도 즐거웠다.

　하지만 그것은 아주 특별한 경우, 달콤한 '의존 외출'을 할 때뿐이다. 내게 의존은 공포에 버금간다.

　"필요한 건 다 있어요."

　"물론 나한테도 있으니까, 걱정 마세요."

　"그런 건 신경 안 써도 돼요."

　늘 그런 태도였다.

　세상에는 조그맣고 달콤한 가방이 어울리는 여자와 그렇지 않은 여자가 있다고 생각했다. 물론 나는 후자에 속한다고.

　그렇다고 내게 큼지막한 가방이 어울리느냐 하면 그렇지 않다.

키도 작은 데다 팔 힘이 없어서, 큼지막하고 묵직한 가방을 들고 다녀봐야 커리어 우먼처럼 경쾌해 보이는 일은 절대 없다.

그런데 어느 날 문득, 지님보다 지니지 않음이 편하다는 것을 깨달았다. 모든 것을 다 들고 다닐 수는 없으니까 필요한 것을 비교적 고루 들고 다닌다고 생각하기보다 아무것도 없어도 상관없다고 생각하는 편이 훨씬 가뿐하지 않은가.

지갑과 집 열쇠만 있으면 족하다. 거기에 립스틱과 문고본 하나만 더 있으면 완벽하다.

그래도 필요한 것은 그때그때 그 장소에서 찾으면 된다. 아무 문제 없다.

조그만 백 하나만 있으면 어디든 갈 수 있다.

정말, 아주 편해졌다.

애칭

싫어하는 것 중에 애칭이 있다.

어째서인지 옛날부터 사람을 애칭으로 부르지 못한다. 순간적으로 망설이고 만다. 그리고 그런 일은 순간이 전부다.

애칭으로 불린 적도 거의 없다. 나를 애칭으로 부르는 사람은 엄마와 여동생 정도다.

사람만이 아니라 사물을 애칭으로 부르는 것도 싫어한다.

예를 들면 초등학생 때, 시소를 '끽쿵딱쿵'인지 '딱쿵끽쿵'인지 잘 기억은 안 나지만, 아무튼 다들 그렇게 말하는데, 나는 시소를 어떻게 그런 식으로 불러, 하고 생각했다.

하지만 한편으로는 애칭을 동경하는 마음도 있었다. 애칭이 친근감이 담긴 호칭이라는 것을 이성적으로는 알았던 것이다.

이런 일이 있었다.

초등학교 2학년 때였다. 학교에서 돌아오는 길에 혼자 육교 계단을 올라가는데, 길 건너 사는 마미의 오빠가 뚜벅뚜벅 걸어가는 모습이 눈에 띄었다. 그는 나보다 두 살 많은, 차분하고 동생을 예뻐하는 남자였다. 주변에 아무도 없어 애칭으로 불러볼 절호의 기회라고 생각했다. 그에게 묘한 애칭이 있었으니까.

나는 육교 계단에서 손을 흔들며 아래를 향해 소리를 질렀다.

"원공 씨, 원공."

마미의 오빠는 놀란 얼굴로 나를 올려다보았다.

그때 일은 지금도 후회하고 있다. 나는 몰랐다. 원공猿公이 원숭이를 뜻하고, 그것이 그의 생김새 때문에 붙은 애칭이라는 것을. 나는 몰랐고, 알았을 때는 이미 늦었다.

그때부터.

내게도 애칭이 전혀 없었던 것은 아니다. 유치원 선생님과 초등학교 1학년 때 담임 선생님에게 '큐피'라는 애칭을 받았다. 하지만 언제나 나를 그렇게 부르는 것은 그 선생님들뿐이었다.

닭 꼬치구이

　　닭 꼬치 하면 사자에 씨가 떠오른다. 사자에 씨의 남편 마스오 씨가 직장 동료인 아나고 씨와, 또는 사자에 씨의 아버지인 나미헤이 씨가 조카인 노리스케 씨와 일터에서 집으로 돌아가는 길에 한잔하면서 개인적인 이야기를 나누는 광경. 남자들의 쉼터.

　　나는 꽃놀이를 하러 나서거나 불꽃놀이를 구경하는 밤이 아니면 닭 꼬치를 먹지 않았다. 그런 때 먹는 닭 꼬치는 누군가 백화점 지하 식품 매장에서 사 온 것이었다.

　　닭 꼬치를 그다지 좋아하지 않았다. 너무 달잖아요! 나는 과자는 편애하지만 단 음식은 대체로 좋아하지 않는다. 탕수육이니

스키야키니 달짝지근한 갈분 소스를 끼얹은 게살 부침이니 하는 것들은.

그래서 닭 꼬치구이집에는 굳이 가보고 싶다는 생각이 없었다. 사자에 씨의 영향인지, 회사에 다니는 사람들만의 성역 같은 느낌도 있었다.

내가 처음 간 닭 꼬치구이집은 신바시에 있었다. 소스는 바르지 말고 소금만 뿌려서 구워달라고 했다. 그때, 닭 꼬치구이의 단순하면서도 쫄깃쫄깃한 맛에 놀랐다. 무척 세련된 음식이라고 생각했다.

그 후로 닭 꼬치구이집에 종종 발길을 한다. 닭 꼬치구이에는 일가견이 있다고 생각한다. 꽤 자주 먹으러 가니까. 닭 꼬치구이집을 드나들기 시작하면서 맥주도 전보다 좋아졌다. 맥주는 아름다운 술이라고 생각한다. 색깔도 예쁘고. 나는 색깔이 예쁜 것에 몹시 약하다.

가장 좋아하는 부위는 연골이다.

하지만 연골은 가게에 따라 다소 변수가 있다. 뼈만 있는 것, 뼈에 살이 살짝 붙어 있는 것, 살 속에 뼈가 있는 것 등. 나는 뼈만 있는 것을 좋아한다.

주위 손님들을 관찰해보니, 일반적으로 우선 모둠을 주문하고 좋아하는 것을 몇 접시 더 추가하는 듯한데, 나는 그렇게 많이는 못 먹으니까 처음부터 한 가지씩 주문한다.

그러나 딱 한 군데 모둠을 주문하는 가게가 있다. 그 가게의 모둠 접시는 꼬치 여섯 개가 완벽한 조화를 이룬다. 그리고 야채 꼬치구이를 몇 개 더 주문하면 더 바랄 게 없다. 어디 있는 가게인지는 가르쳐줄 수 없답니다.

멘소래담과 오로나인

어렸을 때, 내 몸 어딘가에 상처가 나면, 할머니는 멘소래담을, 엄마는 오로나인 연고를 발라주었다. 할머니의 멘소래담은 할머니 서랍장 서랍에, 엄마의 오로나인은 엄마 화장대 서랍에 늘 반듯하게 놓여 있었다.

묘한 일이지만, 두 사람 다 각자의 약은 굳게 믿어도 상대의 약은 무시하는 구석이 있었다.

멘소래담을 발라 내 손발 어딘가가 번들거리면 엄마는,

"어머, 다쳤니?"

"멘소래담 같은 걸 왜 발라?"

취하기에 부족하지 않은

하고 못마땅하다는 듯이 물었다.

할머니는 할머니대로 오로나인을 바른 나를 보면 얼굴을 찡그리며,

"멘소래담이 잘 듣는데."

하고 한숨 섞인 목소리로 말했다.

그럴 때마다 나는 참 재밌다고 생각했다. 할머니와 엄마 사이에 있는 것. 같은 핏줄에, 내내 함께 살고 있으면서, 삶의 방향이전혀 다른 두 사람. 그녀 자신들도 의견 차를 즐기는 것 같았다.그럴 때마다 나는 '참 묘하네' 하면서, 내가 모르는 할머니와 엄마 둘만의 시간을 생각했다. 그녀들이 함께 살아온 시간.

나로서는, 포장은 멘소래담이 모던하고 귀여웠다. 뚜껑에 그려진 여자 아이 그림은 지금도 좋아하지만, 바르고 살살 문지르는순간 하얀 연고가 피부에 차갑게 스며드는 감촉과 부드러운 냄새가 좋아, 오로나인도 외면하기 어려웠다.

하기야 겁이 많아 집에서만 지내는 아이였기 때문에 상처가 났다고 해봤자 기껏 손가락에 거스러미가 일거나 모기 물린 데를

박박 긁어 생채기가 나는 정도였다. 물론 어느 약을 바르든, 아니 바르든 안 바르든 별 차이가 없었다.

그보다 학교에서 다친 아이들이 양호실에 달려가면, 양호 선생님이 듬뿍 발라주는 빨간약이야말로 내 눈을 사로잡는 약이었다. 할머니와 엄마는 혐오했지만.

취하기에 부족하지 않은

칵테일의 이름

번번이 생각하지만, 나는 이름에 꼼짝 못하는 성격이다. 책이든 CD든 제목만 보고도 갖고 싶어 안달하는 일이 종종 있다. 가끔 마권을 사는데, 그것도 말의 이름만 보고 산다.

가장 심각한 것은 칵테일이다. 나는 칵테일을 좋아해서 심심찮게 마시러 가는데, 그것도 맛이 아니라 이름을 좋아해서다.

맛있다고 생각하는 칵테일은 진 토닉 정도. 간혹 생과일이 들어간 산뜻한 칵테일이나 리큐어에 소다수를 섞은 심플한 것을 기분 좋게 마실 수 있을 뿐, 그밖에 맛있는 칵테일은 아직 만나지 못했다. 대개는 달짝지근하거나 달짝지근하면서도 쓴맛이 나, 마시려면 애를 써야 한다.

그런데도, 그렇다. 그런데도 나는 칵테일을 마시러 나간다. 종류가 다양한 술집에서는 메뉴만 봐도 흥분한다.

피렌체의 어느 바에서 '엔젤 페이스'라는 칵테일에 도전했다. 한 모금 살짝 마셨을 뿐인데, 어디를 한 대 얻어맞은 것처럼 띵해져서, 오호라, 역시 엔젤 페이스, 하고 생각했다.

'섹스 온 더 비치'는 술집마다 맛이 달라 늘 느낌이 새롭다.

어느 술집에서 키스와 관련된 세 가지 칵테일― '키스 오브 파이어', '키스 인 더 다크', 그리고 '시칠리안 키스' ―을 발견했을 때는, 맛이 어떻게 다른지 궁금해서 세 가지 모두 주문했다.

여행을 좋아하는 탓인지, 지명을 딴 칵테일에도 꼭 도전해봐야 성이 찬다. '네바다', '네브래스카' 등. 어떤 맛인지 궁금하잖아요, 가본 적 없는 곳이면 더욱이.

말로 밥벌이를 하는 사람이 말에 휘둘리다니, 하고 가끔은 나 자신을 비웃지만, 한편으로는 말에 휘둘리지 않으면 소설가로선 끝장이란 생각도 든다.

트라이앵글

나는 운동신경만큼이나 음감과 리듬감도 없는 듯하다. 그런 데다 꾸준히 배워나가려는 마음가짐이 부족해 어떤 악기도 제대로 연주해본 적이 없다. 칠현금과 피아노는 선생님에게 직접 배웠고, 기타는 사촌 오빠에게 부탁해 배우다가 줄을 누르는 손가락이 아파서 도중에 그만두었다.

작년에 돌아가신 아빠 말에 따르면, 나와 여동생의 큰 차이점이 바로 거기에 있다고 한다. 거기란, '꾸준히 하는 것'.

아무튼 그런 이유로 나는 악기는 다룰 줄 모르지만, 음악은 상당히 좋아한다. 하루하루 생활하면서 거의 매 순간 음악을 필요

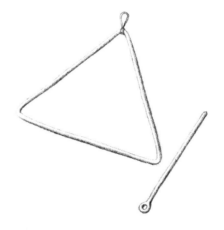

로 한다. 먹고 자는 것 못지않게, 절실하게 음악을 원한다.

　음악은 매우 생리적인 무엇이다. 나는 세포 하나하나가 음악으로 채워지는 것을 느낄 수 있고, 어떤 유의 소리에는 몹시 동요하기도 한다. 음악에는 글자나 그림, 영상에는 없는 특별한 힘이 있다고 생각한다.

다른 사람에게 말한 적은 없지만, 트라이앵글에 친근감을 품고 있다.

초등학교 1학년 때 음악 발표회에서 트라이앵글을 맡은 이후로 줄곧 그렇다.

나는 겨우 여덟 살짜리 꼬마였지만 금방 알았다. 그 악기와 내가 성격이 잘 맞는다는 것을.

우선 은색의 세모꼴에, 화사하고 예쁘다. 멜로디나 리듬이 아니라 '소리'를 내는 악기(반대로 말하면 멜로디와 리듬을 내지 못하는 악기).

쨍, 하는 투명한 소리의 아름다움과 딱딱한 느낌. 나머지 악기들과는 전혀 다른 장소에 홀로 동그마니 있는 것처럼, 고립된 입장이랄까, 또는 소극적인 고집스러움.

트라이앵글은 불안한 마음으로 치면 정말 불안한 소리가 난다.

내 악기다.

그렇게 생각한다.

언젠가, 트라이앵글을 하나 사려고 한다.

그릇장

　때로 그릇장을 바라본다. 밤중에 설거지를 끝내고, 부엌에 혼자 멍하니 서서.

　왜 그러는지는 모른다. 모르지만, 퍼뜩 정신을 차리면 그릇장을 가만히 보고 있는 내가 있다.

　그릇장에는 물론 그릇들이 놓여 있다.

　여기저기를 찾아다니며 산 밥공기, 한눈에 반한 골동 이마리, 아는 사람에게 얻은 앤티크 유리 접시. 여행지에서 남편과 함께 산 컵, 엄마가 선물해준 토끼 모양 종지. 내가 좋아하는 티 세트는 스웨덴제다.

하나하나 사 모은 예쁜 그릇들.

　이제 곧 결혼한 지 5년이 된다. 결혼이란 참 알 수 없는 것이다.

　밤중에 그릇장을 보고 있으면 모든 것이 '가공'인 듯한 기분이
든다. 이야기 속이거나 공상 속에서 내가 지어낸 듯한.

아마도, 모든 것이 거짓이리라. 밤중의 부엌에서 나는 그런 생각을 한다. 결혼도 남편도, 실재하지 않는다. 내 공상이 낳은 것이다. 그렇다, 나는 옛날부터 혼자 놀기를 좋아했다.

그것은 조금은 소름 끼치는 감각이면서, 동시에 왠지 납득이 가는 아이디어다. 아 역시 그랬구나, 어쩌 좀 이상하다 했지, 하고 생각한다. 부엌이 좁고 조용하고 편안해서, 나는 다소 뒤틀린 흥분감에 젖는다.

그릇장에는 인형의 집과 비슷한 면이 있다고 생각한다. 자잘한 것들이 갖춰져 있고, 올망졸망 정리되어 있고, 그리고 반듯하게 닫혀 있다. 진품과 똑같은데 진품은 아닌, 그런 떳떳하지 못한 기분.

어쩌면 여자는 가공을 믿는 능력이 남자보다 탁월한 것 아닐까.

그런 생각을 하다 보면 부엌의 온도가 점점 내려가, 시원하다 못해 추워지는 듯하다.

지도

나는 겁 많은 아이였던 덕분에 길을 잃고 헤맨 기억이 없다. 늘 어른의 손이나 옷자락을 꼭 잡고 있었기 때문이다.

지금은 용감한 어른이 된 탓에 툭하면 길을 잃는다.

길을 잃는 것이 내게는 너무도 일상적인 일이라, 거리를 걸을 때 내가 옳게 가고 있는지 늘 분명치 않다. 분명치 않지만, 그래도 걷는다. 그렇게 걷다 보면 그렁저렁 목적지에 도착한다.

흔히들 오해를 하는데, 길을 잃는 것은 지리에 관한 기본적인 지식과 방향감각이 없는 탓이지 지도를 볼 줄 모르기 때문이 아니다. 그러니까 내게 지도를 건네면서 그렇게 걱정스러운 표정을 하지 않아도 된다.

지도가 정확하면 나 역시 정확하게 목적지에 도착한다. 그곳이 소위 '찾기 힘든 장소' 라서, 다른 사람들은 "야, 이렇게 꼭꼭 숨어 있으니 찾을 수가 있어야지, 한참을 헤맸네." 하며 겨우겨우 찾아온 경우라도, 나는 진즉에 도착해 천연덕스럽게 "어머나, 그래요?" 할 것이다. 내게는 '찾기 쉬운 장소' 도 없고 '찾기 힘든 장소' 도 없다.

다만 애매한 지도는 도움이 안 된다.

'×× 방향으로 200미터 걸어가서 왼쪽으로 돈다.'

이러면 곤란하다. ××가 지명이든 동서남북이든 나는 그것이 어느 쪽인지 알지 못한다. 왼쪽으로 돌라고 했으니 모퉁이가 있을 텐데, 그 모퉁이에 뭐가 있는지 쓰여 있지 않아도 곤란하다. 첫 모퉁이 내지는 두 번째 모퉁이 정도만 쓰여 있어도 괜찮지만.

200미터를 눈으로 어림하라는 것도 무모하다. 그런 재주가 있다면 지도 따위는 필요 없다. 나의 거리 기준은 25미터다. 그러니까 200미터는 수영장의 25미터짜리 레인 여덟 개를 늘어놓은 만큼 걸으라는 건가, 하고 계산한다. 하지만 길이란 그렇게 똑바르지도 않고 수영장과도 비슷하지 않으니까 어림하기가 어렵다.

식전에 마시는 술과
식후에 마시는 술

식전에 마시는 술의 즐거움을 가르쳐준 사람은 나보다 약간 나이가 많은 한 여자였다. 10년 전쯤 일 때문에 알게 되었다. 거들먹거리는 느낌은 없는데 일은 잘하고, 직장이 화려한 것도 아닌데 발이 넓은 여자였다. 그리고 내가 아는 여자들 가운데 가장 술이 셌다.

언젠가, 그녀는 식전에 마실 술로 보드카 마티니를 주문했다. 늘 진 토닉만 마시던 나도 그녀를 따라 주문해보았다.

물론 아주 드라이한 술이라 목을 넘어가면서 증발했다. 상큼하다기보다 톡 쏘는 느낌이었다. 외출하기 전, 뜨거운 물로 샤워를

취하기에 부족하지 않은

할 때의 감각과 비슷했다. 위가 번뜩 정신을 차려 공복을 자각하
고는, 식사를 즐길 준비를 한다. 독한 술이 맛있다는 것을 그때 처
음 인식했다.

나는 그녀만큼 술이 세지는 않지만, 그 후로 식전에 마시는 술
만큼은 독한 술로 한다.

식후에 마시는 술의 행복을 가르쳐준 사람은 팔이 아름다운 남
자였다. 식사가 끝날 즈음에는 느긋하게 소매를 걷어 올리고 있
어, 팔과 그 손이 흔드는 큼지막한 잔과 잔 속에서 동그랗게 움직
이는 호박색 액체의 조화에 나는 늘 눈길을 빼앗겼다.

그 사람이 식후에 마시는 술은 대개 코냑이었다. 혀를 휘감는 달콤한 향내가 났다.

　하기야 내가 배운 것은 식후에 술을 마시는 습관이나 그 맛이 아니다. 나는 옆에서 과일이나 먹으면서, 그 사람의 손안에서 희미하게 온기를 띠어가는 술의 향기와 뭐라 형용할 수 없이 충족된 기분을 만끽했을 뿐이다. 이대로 오래오래 여기 머물 수 있다면, 하고 바라면서.

　그때 내가 배운 것은 여운을 즐기는 행위였다고 생각한다.

　그 후로 많은 시간이 흘렀다. 만약 지금 그 사람과 함께 식사할 수 있다면, 혼자서 식후에 술을 마시게 하지는 않을 텐데.

욕 실

어느 2월의 아침, 나는 결혼해서 집을 떠났다. 그 화창하고 아름다운 아침에 엄마가 현관에서 이렇게 말했다.

"이제 아침마다 살았는지 죽었는지 확인하러 욕실에 가보지 않아도 되겠구나. 정말 양서류를 키우는 것 같았어."

그렇게 절절하게 술회하는 엄마의 배웅을 받으며, 나는 집을 떠났다.

그때까지 나는 매일 밤 욕실에서 잠들었다. 어쩌다 보니 꾸벅꾸벅 조는 정도가 아니라, 5시간에서 8시간, 경우에 따라서는 더 오랜 시간을 욕조에서 곤히 잤다. 욕조가 내 침대였던 것이다.

식구들 가운데 제일 먼저 일어나는 엄마가 매일 아침 뿌얀 접이식 유리문 밖에서 "잘 잤니?" 하고 말을 걸었는데, 그게 '살았는지 죽었는지'를 확인하기 위함인지는 꿈에도 몰랐다. 아무튼 당시의 나는 정말 양서류 같은 생활을 했다.

어렸을 때부터 욕실을 좋아했다. 초등학생 때는 여름방학이면 여동생과 둘이 수영복을 입고 전날 받아놓은 목욕물에서 종일을 놀았다. 점심때가 되면 엄마가 '욕실 수영장'으로 주먹밥을 가져다주었다. 하지만 욕조에서 자는 습관이 붙은 것은 나뿐이었다.

내 집 욕조에 몸을 담그고 있을 때의 그 해방된 느낌과 행복, 평온함은 말로는 다 할 수 없다. 따끈한 물의 질감, 그리고 피어오르는 김의 냄새. 나는 여행을 좋아하지만 어디를 가든 집의 욕실을 그리워한다.

욕조에 몸을 담그고 책을 읽거나 생각을 한다. 그래서 생각의 결과인 '결심'은 모두 욕조에서 이루어졌다. 소설의 제목과 결말, 나 자신의 행동까지—여행을 떠날까, 결혼을 해야겠어, 이혼할까 봐, 아니 역시 이혼은 하지 말자—모두 욕조에서 결정했다.

취하기에 부족하지 않은

결혼한 후로는 욕조에서 자지 않으려고 최대한 조심하고 있다. 그런데도 욕조에서 꿈지럭거리는 시간이 극단적으로 길어, 남편은 나의 목욕을 '농성'이라고 한다.

룰라 매

나비 표본을 하나 갖고 있다. 조그만 액자에 든 그것은 우리 집 계단 옆 벽에서 지금도 소리 없이 숨 쉬고 있다.

표본에는 관심이 없을뿐더러 곤충 자체를 싫어하는데, 그 나비는 유독 내 '약한 부분을 건드리는' 모습이어서 한눈에 매료되고 말았다. 뉴욕의 다운타운에 있는, 공룡의 이빨이니 말린 박쥐니 하는 징그러운 것들만 파는 으스스한 가게에서 굵은 팔에 문신을 한 남자 점원에게 샀다. 의외로 상당히 비쌌다.

어쩌다 그런 가게에 갔느냐 하면, 친구와 함께였기 때문이다. 나는 간간이 뉴욕에 가는데—몇 달 동안 산 적도 있다—그런 가게가 있는지조차 몰랐으니까, 아마 혼자였다면 발을 들여놓지 않았을 것이다.

조그만 그 나비의 투명한 날개에는—그런 것을 잎맥이라 하는지 혈관이라 하는지 잘 모르겠지만—짙은 갈색이 바랜 섬세한 줄이 무수히 수놓여 있었다. 그리고 날개 아래쪽 절반에는 선명한 분홍색이 어려 있었다.

날개 전체가 화려한 파랑과 보라에 여봐란 듯 커다란 나비들만 있는 가운데, 그녀의 모습이 어찌나 가련하면서도 야무지게 보이던지. 날래고 강인한 나비라는 인상도 받았다.

나는 그녀의 이름을 룰라 매라고 지었다. 그녀는 그야말로 룰라 매, 그 외의 이름은 생각할 수 없는 나비였다.

〈티파니에서 아침을〉이란 영화에 등장하는 뉴욕의 고급 창부, 자유롭고 천방지축인 여주인공 홀리의 본명이 룰라 매Lula Mae다. 룰라 매는 텍사스였는지 일리노이였는지는 잊었지만, 아무튼 시골 농장주의 아내였다.

나는 그 영화를 굉장히 좋아한다. 어떻게 보면 고전적인, 자유와 부자유란 테마의 틀에, 몇 번이고 몸을 던져 감상한다.

　그날 뉴욕에서 만난 분홍색 룰라 매는 내 비밀스러운 보물이다.

역

역을 좋아한다.

낯선 장소로 들어서는 현관, 이란 느낌이 들어서.

선로도 좋아한다. 플랫폼도 좋아한다. 도시에 있든 시골에 있든, 큰 역이든 조그만 역이든.

아침의 역을 특히 좋아한다. 장거리를 달리는 열차의 식당 칸, 일상과 특별함이 섞여 있는 느낌을 좋아한다.

7, 8년 전 일 때문에 독일에 갔을 때, 대사관인지 영사관인지 아무튼 그런 곳에 있는 높으신 분께 신세를 졌다. 초로의 신사로 독일에 산 지 꽤 오랜 사람이었다. 둘이서 열차를 타고 여행을 했다.

풍류를 아는 사람이었다. 연구連句를 하자고 해서 깜짝 놀랐다. 우리는 번갈아 짧은 시를 지었다. 창밖은 한없는 전원 풍경. 둘밖에 없으니 금방 순서가 돌아왔다. 상대가 시를 지을 때마다 뭐라 한마디 해야 하니 난감했다. 그는 내 시를 보고서 "호오.", "그래요.", "흐음." 하고 말했다. 나는 그런 말조차 할 수 없어 창밖만 바라보았다.

그는 친유럽파에 박학했다. 내가 미국에서 유학한 사람이라는 것을 알자, '왜 그런 곳에서' 하는 표정을 지었다.

"이 역, 멋지죠?"

그가 그렇게 말했을 때, 우리는 함부르크에 있었다. 정말 숨이 멎을 만큼 멋진 역이었다. 고풍스럽고, 천장이 높고, 선로 위를 온실 같은 유리 돔이 덮고 있었다. 커다란 시계도 있었다. 세월과 함께한 모든 것이 당당하고 아름다웠다. 이런 역에 온 것만으로도 의미 있는 여행이라고 생각했다.

그런데 그때, 나는 그 신사에게 미국의 역을 보여주고 싶은 생각이 들었다. 끝없이 똑바로 이어지는 선로. 살풍경하고, 전혀 우아하지 않지만 올곧은 느낌. 커피와 도넛 냄새. 왜 그런 생각이 들었는지는 모르겠지만, 덧붙여 이런 말도 하고 싶었다.

"미국의 역도 멋있어요."

노란색

노란색은 어른의 색이라고 생각한다.

선명한 밝음이 좋다. 맑은 노란색.

쉰 살이 되었을 때, 맑은 노란색 블라우스를 멋지게 차려입는 것이 내 소박한 목표다.

어렸을 때, 아빠 취향 때문에 늘 감색이나 하양, 회색 옷만 입어야 했다. 나는 분홍색과 하늘색, 부드럽고 따스한 색 옷을 입고 싶어 안달했지만, 매장에서 울어도 사주지 않았다.

참 묘한 일이지만, 내가 좀 어른이 되자 상황이 반전되었다. 이번에는 엄마가 내게 여자다운 옷을 입히고 싶어 안달했다.

취하기에 부족하지 않은

"넌 왜 그렇게 만날 할머니 같은 옷만 입고 다니니?"

인상을 찌푸리며 그렇게 말하고는,

"색깔도 그렇지, 넌 좀 흐릿한 파스텔 톤이 잘 어울린다고."

라는 결론하에 분홍과 연보라, 하늘색 등 파스텔 톤의 옷을 사주기 시작했다. 그런데 정작 나는 그런 옷을 입고 있자면 왠지 어색해서, 여전히 감색과 하양과 회색, 검정과 갈색 옷만 입고 다녔다.

그러다 보니 여태껏 노란색 옷을 한 번도 입어본 적이 없다.

옷만이 아니다. 수첩이나 그릇, 우산, 가방은 물론 주변에 널려 있는 잡화에도 선명한 노란색은 하나도 없다.

노란색에 대한 선망은 애매함에 대한 콤플렉스인지도 모르겠다. 엄마가 굳이 말하지 않아도 나는 늘 흐릿하니까.

옷 가게에서 눈이 반짝 뜨일 듯 선명한 노란색 옷을 보면 가슴이 두근거려, 거울 앞에 서서 옷을 살짝 대어본다. 그럼, 아니나 다를까, 어울리지 않는다. 나도 모르게 거울을 뚫어져라 쳐다볼 정도로 어울리지 않는다.

아직 멀었다.

박력이 모자라는 것이다. 박력이나 의지, 피부에 새겨진 역사와 정열의 흔적, 강인함이.
　목표하는 쉰 살까지는 앞으로 15년. 현재 내 주변에 있는 선명한 노란색은 방에 놓인 꽃과 레몬뿐이다.

무당연유

어릴 적, 부엌 찬장에는 늘 무당연유가 들어 있었다. 젖 짜는 아가씨 그림 라벨이 붙어 있는 갈색 병이었다.

무당연유無糖煉乳는 두고두고 먹을 수 있으니까, 아마도 엄마가 우유가 떨어졌을 때를 대비해 사두었을 것이라고 생각한다. 아니면 불쑥 찾아온 손님에게 홍차를 대접할 때 몇 방울 떨어뜨리기 위해서. 엄마는 딸기를 먹을 때 냉장고에 우유나 가당연유가 없으면 찬장에서 무당연유를 꺼내주었다. 그것은 이른바 대용품이고 모양새도 소박한 데다, 우유처럼 차갑지도 않고, 가당연유처럼 달지도 않았지만 깊은 맛이 났다.

취하기에 부족하지 않은

부엌 찬장에는 무당연유 말고도 수입 통조림, 건조식품, 장미 모양 설탕 등이 들어 있었다. 그것들은 모두 일상적인 식료품이 아니었다.

그 후 알게 모르게 부엌에서 무당연유가 사라졌다. 답례품으로 받은 통조림과 건조식품, 장미 모양 설탕도 없어졌다. 딸기도 씻기만 하고 그냥 먹게 되었다. 무당연유는 알게 모르게 잊히고 말았다.

작년에 일 때문에 빈에 갔다가, 남는 시간에 대형 슈퍼마켓을 구경했다. 나는 슈퍼마켓을 좋아해서 외국에 가면 꼭 둘러본다.

그것은 앙증맞은 병이었다. 아래쪽으로 가면서 볼록한 안정감 있는 모양, 빨강과 남색이 섞인 세련된 라벨.

앗, 무당연유다! 하고 금방 알았다. 독일어는 한마디도 몰라, 금발 머리를 땋아 내린 건강한 소녀 그림의 라벨을—MARESI, Alpenmilch, FEINSTE ALPENMILCH FÜR REINSTEN KAFFEEGENUSS—읽을 수는 없었지만, 우유처럼 하얀색이 아니라 희미한 갈색을 띤 유백색 액체가 무당연유라는 것에는 의심

의 여지가 없었다. 병을 흔들 때 내용물이 찰랑찰랑 움직이는 것을
보면 가당연유도 아니었다.

　나는 몇 병을 사 들고 돌아와, 시험 삼아 그냥 마셔보았다. 달지
않은데도 짙고 깊은 맛이 났다. 그야말로 자미滋味가 풍부했다.

취하기에 부족하지 않은

나이프

가타야마 겐 씨의 〈소년과 나이프〉란 그림을 보았다. 청회색과 주홍색 황혼을 배경으로, 한 소년이 나이프를 들고 서 있는 그림이다. 그 그림을 보고서 야마시타 하루오 씨의 소설 『갈매기의 집』 첫머리가 떠올랐다.

"나이프 가는 거 쉬운 일 아냐. 까딱 잘못하면 내 손가락으로 회를 뜰 수도 있으니까."

주인공보다 나이가 약간 많은 소년이 그렇게 말하면서 나이프를 간다.

소년과 나이프. 그 소설에서 나이프는 피할 수 없는 어떤 것이

자, 소년의 내면에 자리하고 있는 '남자'에 대한 선망과 자존심을 포함한 자기 인식으로 그려진다.

　나는 지금껏 '소년'이었던 적이 없으므로, 작품 속에서 그런 장면을 만나면 가슴이 두근거린다.

　이런 일이 있었다. 초등학교 5학년 때 담임 선생님이, 요즘 아이들은 연필 하나 제대로 못 깎는다고 분개하면서, 연필을 나이프로 깎아 오라는 숙제를 냈다. 그 얘기를 아빠에게 했더니, 아빠 역시 분개하면서 연필 하나를 표본 삼아 깎아주고는 말했다.

　"너는 깎을 필요 없다."

　이유를 묻자 아빠는 이렇게 대답했다.

　"요즘 세상에는 연필깎이라는 기계가 있기 때문이다. 선생님에게 그렇게 전해라."

　"그래도 나이프를 다룰 줄 알면 폼 나잖아요."

　"너는 하나도 폼 안 난다."

　아빠는 내 말을 싹 무시했다. 옳은 말씀이다.

　그 후 한참 세월이 흘러 한 남자를 사랑하게 되었다. 그 남자는 소형 잭나이프를 지니고 다녔다. 우리는 주로 바깥에서 지냈기 때문에 잭나이프는 여러모로 쓸모가 있었다. 그는 그것으로 복숭아를 깎아주었고, 라임을 잘라 진 토닉을 만들어주기도 했다.

그 모습에 나는 가슴이 설렜다.

그 사람이 무엇이든 할 수 있는 마술사처럼 보였다. 멋지다고 생각했다.

아빠가 무덤 속에서 "내가 잘못 가르쳤군." 하고 한탄해봐야 이미 때는 늦었다.

케이크

케이크, 란 말에는 실물 이상의 무엇이 있다. 나는 그 무엇을 좋아한다.

케이크, 란 말에서 사람이 보는 것. 그것은 아마도 실물보다 한결 특별하리라.

"케이크가 있는데."

"우리 같이 케이크 먹을까?"

그렇지 않다면, 이런 말을 들었을 때 마음속에서 샘솟는 기쁨을 뭐라 설명할 수 없다. 그렇잖아요, 어떤 케이크인지도 모르면서 좋아하다니, 이상하잖아요.

취하기에 부족하지 않은

케이크는 원래가 종류도 다양하고 모양도 다양하다. 가령 같은 쇼트케이크라도 가게에 따라 종류가 천차만별이기 마련이다. 그런데 그 모두를 '좋은 것', '좋아하는 것'이라고 한데 뭉뚱그리는 것은, 생각해보면 몹시 억지스럽고 폭력적인 일이다.

케이크를 좋아하는 사람도,

그 가게의 그 케이크는 좋아하지만 이 가게의 이 케이크는 별로다,

생크림을 많이 사용한 것이나 양주를 섞은 것은 싫다,

바바루아는 좋아하지만 푸딩은 좋아하지 않는다 등,

갖가지 설명하고 싶은 말이 당연히 있을 것이다.

그런데 대개는 그런 것을 묻지 않고, 딱히 알고 싶어 하지도 않는다.

나 개인적으로는 케이크를 무척 좋아하고, 내가 케이크를 좋아한다고 말하는 순간 그 말을 들은 상대가 나무딸기 소스를 끼얹은 초콜릿 케이크―나는 싫어하지만―를 떠올리든, 젤라틴 냄새가 나는 치즈 케이크―도망치고 싶다―를 연상하든 불만은 없다.

사람은 그런 위험을 떠안을 각오를 한 후에야 케이크를 좋아한다
고 당당히 말할 수 있는 것이라 생각한다.

중요한 것은 케이크란 말에서 환기되는 달콤하고 조촐한 행복
의 이미지다. 그리고 그것은 실물로서의 케이크 하나와는 오히려
무관하다.

"뭘 좋아하나요?"

하고 물으면 주저 없이,

"케이크."

하고 대답할 수 있는 그런 단순함으로, 나는 살아가고 싶다.

책 받 침

책받침은 내 필수품 중 하나다. 줄곧 그래왔기 때문에 굳이 생각해본 일이 없는데, 책받침을 사용하는 어른이 별로 없다는 것을 얼마 전에 알았다.

어린 시절에는 모두들 사용했다. 연필이나 지우개처럼 그것은 필수품이었다. 그런데 다들, 언제부터 더는 사용하지 않는 것일까.

책받침 없이 공책에 글씨를 쓰다 보면 왠지 기분이 껄끄럽다. 그야 물론 어린애가 아니니까 샤프펜슬 끝으로 종이에 구멍을 뚫지는 않지만, 그래도 왠지 안정감이 없다. 힘주어 쓰면 다음 장에

혼적이 남지 않을까 걱정스럽다. 모두 알게 모르게 그런 불안을 극복하고 어른이 되었다면, 내가 그때를 놓친 것이리라.

원고를 쓸 때도 책받침을 사용한다. 그렇다고 원고지 밑에 깐다는 것은 아니다. 나는 컴퓨터를 사용하지 않기 때문에 구식으로 원고지를 한 칸 한 칸 메워나가는데, 그때 연필을 쥔 오른손의 새끼손가락과 원고지가 조금씩 마찰을 일으키면서 손과 원고지에 까만 자국이 묻는 게 싫어, 오른손 밑에 책받침을 댄다. 한 줄, 한 줄 쓸 때마다 책받침을 조금씩 움직인다.

여행을 떠날 때도 원고를 쓸 경우를 대비해 책받침은 꼭 가지고 간다.

책받침은 어린아이들이나 쓰는 것이라는 인식이 있는 탓인지 디자인이 예쁜 책받침은 정말 적다. 책받침의 디자인 따위야 아무려면 어떠랴 하고 생각할지도 모르겠지만, 늘 가까이 두고 쓰는 것이니까 색상이 강렬하거나 무늬가 요란하면 신경이 쓰인다. 게다가 좀 딱딱했으면 좋겠는데 흐물흐물한 염화비닐 제품이 많다.

크기에 이렇다 할 다양성이 없는 것도 아쉽다. 사람들 앞에서 수첩을 꺼내놓고 약속된 사항을 적을 때도 수첩은 조그만데 책받침만 커서 민망하다.

문구 회사 사람들이 혹 이 글을 읽고 어른을 위한 책받침을 만들어주지는 않을까 싶어, 슬쩍 불만을 털어놔 보았다.

클렌저

화장품 가운데 클렌저를 가장 좋아한다. 열렬하게 좋아한다고 해도 좋을 정도다.

요즘 화장품은 주로 '물과 땀에 강하고 투명하게 피부에 스며드는' 것이 많아 심정적으로 답답하다. 나는 피부에 뭐가 들러붙어 있으면 거추장스러워서, 양말도 목걸이도 가죽 벨트도 손목시계도 싫어한다.

그렇다면 화장쯤이야 안 하는 것이 좋겠지만, 안 하는 것보다 하는 편이 남 보기보다 내 정신 건강에 좋다.

우선, 화장을 하지 않으면 클렌저를 쓸 수 없다. 나는 클렌저가

없는 인생은 무미건조하다고 생각한다.

　밤에 혼자 거울 앞에 서서 화장을 지운다. 그 시간의 은밀함과 신비함. 해방감과 긴장감이 양립할 수 있다니 신기한 일이다.

　클렌저에는 여러 종류가 있다. 크림, 유액, 수액, 폼, 젤, 오일, 스크럽 등. 가루를 손바닥에 덜어 물에 개어서 사용하는 것도 있다. 흥미롭다. 색상과 냄새도 갖가지라서 유쾌하다.

　내가 좋아하는 클렌저는 그레이프프루트 향이 나는 크림 형태와 살구 향이 나는 젤 형태. 양쪽 다 손가락 끝에 듬뿍 덜었을 때의 풍성한 감촉과 청결한 시원함이 좋다.

예를 들어 종일 발에 맞지 않는 구두를 신고 돌아다닌 날 밤 집으로 돌아가면서, '아, 어서 구두를 벗고 싶다' 고 염불을 외듯 마음속으로 몇 번이나 중얼거릴 때처럼, 또는 이가 너무 아파서 다른 생각은 전혀 할 수 없을 때처럼, 밤이 되면 여자들은 생각하리라. 화장을 지우고 싶다, 화장을 지우고 싶다, 하고.

그리고 거울 앞에 선다. 화장을 깔끔하게 지우는 행위 자체의 쾌락과 그 후의 개운한 어둠을 향해.

스프링클러

초등학생 시절, 학교를 싫어했다.

등교를 거부하지는 않았지만 학교가 싫었다.

지우개 터는 기계가 비치된 복도, 그날의 급식을 준비하는 냄새로 가득한 뒷마당, 쉬는 시간이 시작되고 끝날 때마다 아이들이 우르르 밟고 지나가는 신발장 앞 마루판, 토끼집. 그런 것들 하나하나에 마음이 무거웠다.

내가 다녔던 초등학교를 헐뜯을 마음은 전혀 없다. 다만 나 개인적으로 학교를 좋아하지 않았던 것이라고 생각한다.

그런데 딱 한 가지 좋은 것이 있었다. 바로 스프링클러다.

스프링클러를 처음 본 날의 기억이 지금도 생생하다. 화창한 낮, 수업 중이었다. 문득 창밖을 보니, 아무도 없는 교정에 스프링클러가 빙글빙글 돌아가고 있었다. 햇살에 반짝이는 물방울이 빙빙 돌다가 믿기지 않을 만큼 멀리까지 떨어졌다.

그 아름다움에 숨을 삼켰다. 교정에 느닷없이 분수가 출현했다고 생각했다. 게다가 그 분수는 내가 아는 어떤 분수보다 자유롭고 여유로워 보였다. 물을 뿜어 올리는 압력 때문에 호스가 제멋대로 꿈틀거리는 것도 재미있었다. 멋진 도구라고 생각했다.

초등학교 6년을 다니는 동안 가장 감격스러웠던 순간이라고 단언할 수 있다.

스프링클러라는 이름은 그날 집으로 돌아가서야 알았다. 가르쳐준 사람이 아빠였는지 엄마였는지는 잊었지만, 정말 잘 어울리는 이름이라고 생각했던 기억은 있다. 영어를 알았던 것은 아니다. 그저 막연하게, 참 잘 어울린다고 생각했다. 좋은 이름이라고. 그리고 어른이 되면 꼭 하나 사야지, 하고 결심했는데, 아직도 꿈으로만 남아 있다.

상처

종종 상처를 낸다. 온갖 곳에다.

예를 들면 페달을 밟으면 뚜껑이 열리는 쓰레기통. 뚜껑을 열 때마다 뒤쪽에 붙어 있는 스프링이 벽에 상처를 낸다. 쓰레기통이란 대개 벽에 붙여놓게 마련이라, 벽을 보호한답시고 방 한가운데 두고 싶은 마음은 없다.

그리고 사다리. 부엌의 높은 찬장에서 물건을 꺼내거나 전구를 갈아 끼울 때, 계단 위에 있는 창문을 닦을 때는 사다리가 필수품이다. 그런데 사다리는 크고 무거우니까 들고 다니다 보면 떨어뜨리거나 어디에 부딪치기 십상이다. 계단 모퉁이나 자신의 무릎에.

취하기에 부족하지 않은

그런 상처에 관해서 나는 전혀 신경을 쓰지 않는다. 내가 낸 것이든 남편이 낸 것이든. 어쩔 수 없다고 생각한다. 지저분한 것과는 다르니까.

그런데 우리 남편은 정반대다. 지저분한 것보다 상처가 거슬리는 성격인 듯하다. 벽에 난 상처 하나, 내 손에 난 상처 하나도 남편은 절대 그냥 넘기는 법이 없다.

"그런 조그만 상처 하나에 신경 쓰는 거, 좀 한심한 거 아냐?"

어느 날 나는 그렇게 지적했다.

"살다 보면 물건이든 사람이든 상처가 나잖아. 피할 수 없는 거잖아. 그보다는 지저분한 것에 신경을 쓰는 편이 합리적이지 않을까? 상처는 없앨 수 없지만, 지저분한 것은 치울 수 있으니까."

"무슨 말씀!"

남편은 안색 하나 변하지 않고 이렇게 대답했다.

"지저분한 거야말로 피할 수 없지. 그리고 치울 마음만 있으면 언제든 치울 수 있으니까 그냥 놔두는 거야. 하지만 상처는 피할 수 있으니까 조심하라는 거지."

그 말을 듣고 나는 깜짝 놀랐다. 사람은 저마다 (같이 사는 경우에도) 어쩌면 이렇게 생각이 다를까.

　　"상처야말로 피할 수 없는 거지. 갑자기 생기잖아."

　　나는 그렇게 주장했다.

　　"생활하다 보면 이래저래 상처를 입잖아. 벽도 바닥도. 당신도 나도."

　　그렇게 고집을 부리면서, 왠지 슬퍼지고 말았다.

요구르트

요구르트를 좋아해서 자주 먹는다. 단맛이 가미되지 않은 걸쭉한 것을 좋아한다. 나는 거기에 꿀을 살짝 섞어서 먹는다.

아빠는 병원에 입원했을 때, 평소답지 않게 환자식을 열심히 꼬박꼬박 먹고는 "이렇게 많이 먹었다고." 하면서 자랑했는데, 언제인가 뚜껑조차 뜯지 않은 요구르트가 하나 남아 있었다.

"이건 안 드세요?"

"먹고는 싶은데."

쟁반에 놓인 요구르트를 힐금 쳐다보더니 아빠는 영 못마땅하다는 듯이 눈살을 찌푸렸다.

"먹고는 싶은데, 그 요구르트는 안 되겠어. 못 먹겠다."

그리고 턱으로 '저걸 봐라'라는 듯이 가리켰다. 아무리 보아봐야 내 눈에는 그냥 요구르트였다.

"날젖을 넣었다니."

아빠는 속이 다 메슥거린다는 듯이 말했다. 듣고 보니 과연 요구르트에는 이렇게 쓰여 있었다. '생유生乳[1]함유'.

"날젖을 넣었대, 날젖을."

아빠는 그렇게 강조했다.

"날젖이 들어 있다니, 난 그렇게 니글거리는 거 못 먹는다."

취하기에 부족하지 않은

"날젖이라고 읽으니까 그렇죠, 생유라고 읽으면 될 일을."

"생유? 그런 말은 없다. 무슨 뜻인지 알 수가 있어야지."

"그럼, 날우유라고 읽든지요."

"그건 뜻과 소리를 뒤섞어서 읽은 것 아니냐, 남세스럽게."

아빠는 경멸스럽다는 듯이 말했다.

나는 생유를 어떻게 읽는 것이 정확한지는 물론 그것이 어떤 의미인지도 모른다. 그저 요구르트는 모두 우유로 만드는 것, 이라고만 알고 있다. 그런데 아빠에게는 그런 게 문제가 아니다.

"아무튼 나는 안 먹는다."

요구르트에 적혀 있는 단어 하나에 진짜 불쾌해질 수 있는 체질, 그 자체가 그야말로 우리 아빠다운 점이다.

1. 일본어에는 한자어를 읽는 다양한 방식이 있다. 生乳는 소리로 읽으면 세뉴(생유), 뜻으로 읽으면 나마치치(날젖), 뜻과 소리를 섞어 읽으면 나마뉴(날우유)가 된다.

여 행 가 방

여행을 좋아하는 이유 중에 여행 가방이 있다. 여행 가방은 만사를 알기 쉽게 인식시켜준다. 내가 생활하는 데 필요한 게 무엇인지를, 잔인할 정도로 명확하게 알게 된다.

입을 옷 몇 가지와 소소한 화장품, 신발, 매일 두 시간씩 읽어도 끝나지 않을 만한 책, 수첩과 연필, 담배, 약 두 종류, 안약, 치약, 칫솔.

겨우 요거? 할 만큼 적다. 당연한 일이지만 여행할 때의 짐은 제 손으로 들고 다닐 수 있는 분량이어야 하고, 또 사실 그 정도만 있어도 충분히 생활할 수 있다. 어디서든.

여행지에서 유독 마음이 자유롭고 평온한 것은 그 때문이라고 생각한다. 뭐야, 이 정도로 충분하잖아, 하는 안도감.

한편 아무리 짧은 여행이라도 반드시 있어야 하는 책과 향수, 목욕할 때 머리를 묶는 핀은 정말 필요한 것이라고 생각한다. 생활을 이런 사소한 것에 의존하고 있구나, 하고 절실하게 생각한다.

물론 행선지에 따라 상황이 다르다. 담배나 초콜릿은 필수품이지만 어차피 여행지에서 살 수 있으니까 가져가지 않아도 된다. 하지만 일 때문에 떠난 여행이라 마음대로 쇼핑을 할 수 없는 경우에는 필요한 것을 다 가져가야 하니까, 내 생활에 필요한 것이 무엇인지 절로 명확해진다.

예를 들면 나는 화장솜이라 불리는 조그만 물체를 많이 소비한다는 것을 알게 된다. 평소에는 신경도 쓰지 않는데, 열흘간의 여행이면 스물다섯 개, 이십 일이면 오십 개 정도는 가져가야 한다.

구두는 굽이 있는 것을 좋아하고 또 그 편이 실용적이라는 것도 알게 된다. 세탁용 세제는 넉넉해야지 그렇지 않으면 왠지 마음이 허전하다는 것도, 립스틱은 빨간색을 가장 좋아한다는 것도.

한 가지씩 분명해진다. 일상과 멀리 떨어진 곳에서 누구를 생각하고, 누구의 꿈을 꾸며 자는지도.

운동화

동경하면서도 받아들이지 못하는 것에 운동화가 있다. 절대 신지 못한다.

새하얗고 심플한 캔버스화를 신어보고 싶다. 기품 있는 베이지색이나 깊은 연보라, 혹은 보르도색 가죽을 덧댄 것도 멋지다고 생각한다.

그렇지만 신지 못한다. 무겁고 답답하다. 줄곧 신발이 발 전체를 감싸고 있다는 느낌이 들어 성가시다. 게다가 친근하게 군다. 운동화 하면 참견이 심한 친구가 연상된다.

아마도 내 성격이나 생활에 맞지 않는 것이리라. 가끔 가게에

서 시험 삼아 신어보지만, 어울리지도 않을뿐더러 운동화만 유난
히 눈에 띄는 것 같아 안절부절못한다.

가죽 구두를 닦는 데 비해 운동화를 빨려면 상당한 노력이 필요
하다는 이유도 있다. 운동화를 빨려면 힘과 끈기와 열의가 필요한
데다 아무리 헹궈도 세제가 남아 있을 것 같아 꺼림칙하다. 간신
히 타협점을 찾아 이제 그만 헹구자고 생각해도 다음 난관이 기다
린다. 짤 수가 없는 것이다. 짤 수가 없어 기분이 영 개운치 않다.

운동화를 신지 않는다면서 어떻게 운동화를 빠는 괴로움을 아
느냐고? 옛날에 실내화를 빨아보았기 때문이다. 운동화보다 납작
하고 빨기 쉬운 구조인 실내화조차 그랬는데, 하물며 운동화야!

어렸을 때 토요일마다 드리프터스Drifters[1]가 출연하는 프로그램을 보았다. 그날 개그의 내용에 따라 회사원일 때는 양복을 입고 의사일 때는 하얀 가운을 입었지만, 신발은 늘 감색 운동화였다. 야, 상당한 육체노동이겠구나, 하고 생각했던 기억이 난다. 모두들 얼마나 기민하게 움직이는지 존경과 공포가 뒤섞인 느낌이 들었다.

운동화에 대해 쓰다 보니, 그런 옛날 생각이 났다.

1. 1950년대에 결성된 밴드. 후에는 개그 그룹으로 변모해 1970~80년대를 풍미했다.

취하기에 부족하지 않은

완두콩밥

완두콩밥을 무척 좋아한다. 어렸을 때부터 완두콩밥을 먹는 날은 신이 났다. 식탁에 완두콩밥이 놓여 있는 걸 보면 금방 기분이 밝아졌다.

나는 원래 이런저런 것들이 들어 있는 밥은 좋아하지 않는다. 당근이니 우엉, 유부, 닭고기 등, 화려하면 화려할수록 식욕을 잃는다. 조개 국물을 끼얹은 밥, 송이버섯 밥, 연잎으로 돌돌 만 중국식 찰밥.

밥에 괜히 기름기가 돌거나 간장 때문에 갈색으로 물드는 것이 싫다. 고기나 생선이 섞이는 것도, 다시마나 맛술 때문에 맛이 짙

어지는 것도.

단순한 맛을 좋아하는지도 모르겠다. '심플 이즈 베스트'라고 생각한다.

하지만 완두콩밥은 다르다.

하양과 연두의 색채도 아름답고, 완두콩의 냄새와 씹히는 맛은 쌀밥의 맛을 거스르지 않는다. 아니, 오히려 서로의 맛을 한결 부각시켜준다.

여동생도 완두콩밥을 좋아한다. 우리는 종종 완두콩밥을 찬양한다. 찬탄의 마음을 담아 '완밥'이라고 부른다.

취하기에 부족하지 않은

그것도 그냥 좋아하는 수준이 아니라서, 배가 한껏 불렀을 때 더는 못 먹겠다는 항복 선언으로 '완밥'을 사용하기도 한다.

예를 들면, 내가

"아, 더는 못 먹겠다. 디저트도 들어갈 자리가 없어."

라고 말하면, 동생이

"그럼, 완밥은? 지금 갓 지은 완밥이 있다면 그래도 한 입 정도는 먹을 테지?"

라고 한다. 나는 그 상황을 심각하게 상상하다가 대개는 먹는다고 대답한다.

"완밥도 안 들어가."

그렇게 말한 적이 그래도 나는 두세 번 있는데, 동생은 한 번도 없다. 대신 이렇게 말한다.

"이제 완밥밖에 들어갈 자리가 없어."

그것이 그녀의 항복 선언이다.

완두콩밥에 대한 그 고집스러운 충성심이 때론 감격스럽다.

준비

    물론 그렇지 않은 경우도 있지만, 대체로 외출 준비를 하는 시간은 꽤 행복하다고 생각한다.

    옷을 골라 입고, 그러는 동안 머릿속으로 가방과 구두를 결정하고, 그날 예정에 맞춰 전철을 타거나 찻집에서 사람을 기다려야 할 것 같으면, 책을 가져가야 하니까 책이 들어갈 수 있는 가방이어야겠네, 하고 생각한다.

    향수도 골라 뿌리고, 화장을 하면서 그날 만날 사람의 얼굴을 떠올리고, 약속 장소와 만남 장면의 단편을 상상하는 한편으로 지갑에 돈이 있는지 확인하다 보면 일상의 잡다한 일이 뇌리를

취하기에 부족하지 않은

스친다.

아 참, 원두가 떨어졌는데 도중에 어디서 살 수 있으면 좋겠네,

강아지 사료도 사고 싶은데,

하지만 외출하는 건데 그런 걸 들고 다니면 무겁기도 하고 주부 냄새가 날 테지,

그래 그건 내일 아침 일찍 사러 가지 뭐, 하고.

일 때문에 나가는 경우라도, 개인적인 외출이면 더욱이, 거울 앞에서 준비하는 나를 보면 기쁨이 샘솟는다. 물론 그동안에도 간혹 시계를 보면서 시간을 계산하지만, 마지막으로 손목시계를 차고 시간을 확인하면, 준비 완료다.

저녁 식사 약속을 위해 준비를 할 때는 특히 행복하다. 공복을 즐기면서 준비를 한다. 이제 곧 가게 될 레스토랑의 모습과 음식이 담긴 접시, 테이블 너머에 앉아 있을 사람의 얼굴을 상상한다. 준비를 하면서 약한 술을 한 잔 마실 때도 있다. 대개는 진 토닉인데, 이 식사 전에 마시는 술은 행복감을 배가시킨다.

시간에 쫓기는 것이 핵심이라는 점도 흥미롭다. 외출 준비를

할 때면 늘 조금은 허둥댄다. 이런저런 생각을 하고 문단속을 하면서 약속 시간에 늦지는 않을까 조마조마해한다.

　아무리 외출 준비가 신 나는 일이라 해도, 그런 것을 몇 시간이나 걸려서 하면 재미는커녕 한심해진다. 그러니까 약간의 허둥댐이 관건이다.

말린 잎 말린 꽃

어렸을 때, 엄마에게 말린 잎과 말린 꽃을 만드는 법을 배웠다. 만드는 법이라고 해봐야, 적당한 두께감이 있는 책을 펼쳐 화장지를 받치고, 잎이나 꽃을─꽃잎은 꼼꼼하게 펴서─끼워 넣을 뿐이니까, 만드는 방법을 배웠다기보다 만드는 습관이 옮았다고 하는 편이 정확할지도 모르겠다.

엄마나 나나 정말 많이 만들었다. 길을 가다가 예쁜 잎이나 꽃이 떨어져 있으면 이내 주워서 집으로 가져와 책 사이에 끼워놓았다. 그러고는 까맣게 잊어버렸다.

완성된 것을 다른 종이에 옮겨 붙이거나, 액자에 담거나, 무슨 식물인지 조사해보거나, 어디서 주웠는지를 메모하거나 하는 일은 한 번도 하지 않았다. 그저 책 사이에 끼워 넣기만 할 뿐이었다.

어떤 책에든 반드시 무언가가 끼여 있어서 때로는 책 읽기가 곤혹스럽다. 전에는 두께와 무게가 마침 적당해서 사전에다 잔뜩 끼워놓았는데, 요즘은 방해만 될 뿐이라 피하고 있다.

엄마나 내가 "말린 꽃을 만드느라고."라고 하면 아버지는 어쩐 미심쩍다는 표정을 지으면서도 사전을 빌려주었다. 왜 그런 데다 꽃잎을 끼워두는지, 아빠는 아마 이해할 수 없었으리라. 솔직히 나 역시 이해가 안 된다.

그런데도 아무튼, 끼워놓는다.

읽던 책에서 꽃이나 잎이 스르륵 흘러 떨어지면, 정말 놀란다. 상상 이상으로 소스라친다.

책이란 시공을 초월하는 것이므로, 읽는 동안에는 그 세계에 푹 빠져 있다. 그런데 갑자기 나타난 꽃이나 잎은 마치 다른 세계에서 건너온 것처럼 기묘하게 보인다.

조그맣고 색이 조금 바랜 대신 구조는 분명해진, 언젠가 주워

와 책갈피에 끼워놓고는 까맣게 잊어버린 꽃과 잎이라는 것을 알
기까지는, 늘 시간이 좀 걸린다.

결혼식

"결혼하기로 했어요."

그런 사람을 만나면, 아아 좋겠다, 하고 생각한다. 이미 결혼한 몸인데도.

왜 그럴까.

결혼식에 가는 것도 좋아한다. 행복한 기분이 드니까. 인생이 아름답게 여겨지니까.

생각해보면 참 묘한 광경이다. 상사다 은사다 친척이다 하는 사람들이 죽 앉아 있고, 훈화와 인사치례가 뒤섞인 따분한 주례사나 축사를 들으면서 어색하게 식사를 하고 술을 마신다. 그런

취하기에 부족하지 않은

'결혼식'은 부끄럽다. 아무리 생각해도 부끄러운 광경이다.

그런데도 초대받는 것은 좋아한다. 잔뜩 치장하고 참석한다.

신랑과 신부를 보면서,

아, 저런 가정에서 자랐구나,

저런 친구들이 있구나,

저런 사람들과 함께 일하고 있구나, 하고 생각한다.

사랑받으며 자랐겠네, 하고 생각한다.

부부가 나란히 초대받는 경우도 많으니까, 내친김에 그런 부부들도 관찰한다.

남편이 잘 때 코를 심하게 골겠는데,

아내가 무지 무서워 보인다, 하고.

몇 년이나 함께 살았을까,

대체 어디가 좋은 걸까,

저 애가 저 부부의 자식인가, 하고.

그러다 보면 조금씩 감동에 겨워진다. 친구가 부르는 축가와 친척이 샤미센 반주에 맞춰 웅얼웅얼 노래하는 소리도 왠지 좋게 들린다.

뭐야 이건? 싶을 만큼 커다랗고 네모난, 한 모퉁이에 조그만 꽃다발이 튀어나온 쇼핑백을 받아 들고 돌아올 무렵에는 피로감과 행복의 여운으로 머리가 멍하다.

신랑 신부는 더 지쳤겠지, 하고 생각한다.

그런데도 내일이면 여행을 떠나야 하니 힘들겠어, 돌아와서 새로운 생활에 적응하기까지는 더 힘들겠지, 하고 동정한다. 그들과 달리 나는 평범한 생활로 돌아갈 수 있다, 고 필사적으로 안도한다.

그럼에도 여전히 그들에게서 풍겨 나오는 비일상적인 행복감에, 결혼만큼이나 흥분된 그 상태에, 나는 역시, '아 좋겠다.' 하고 중얼거린다.

'도다'라는 말

'도다'라는 말을 즐겨 사용한다. 순전히 우리 엄마의 영향이다.

'가을이 왔도다.'

'여름방학이 끝났도다.'

'그리고 아빠는 돌아가셨도다.'

그녀는 예나 지금이나 '도다'를 애용한다. 다만 엄마의 경우는 감상을 담아서, 내 경우는 후회를 담아서이다.

할 일을 미뤄놓고 놀러 나간 날, 집에 돌아와 '그리고 원고 마감 날짜만 남았도다.' 하고 중얼거린다. 나도 모르게 과자를 잔뜩 먹고는 '아아, 또다시 먹고 말았도다.' 하며 한숨을 쉰다.

'도다'는 영탄을 포함한 과거를 나타내는 조동사라서, 현대어로 정확하게 바꿔 표현하기가 쉽지 않다.

  '그리고 원고 마감 날짜만 남았구나.'

  '아아, 또다시 먹고 말았구나.'

라고 할 수밖에 없겠지만, 그 어감이 충분히 살아 있지는 않다.

  미국에서 공부하던 시절에 이런 일이 있었다.

  어느 날, 'I ate a cake.'나 'I have eaten a cake.'에 후회와 영탄의 어감을 살리려면 어떻게 해야 하느냐고 선생님에게 물었다. 영어에도 영탄을 나타내는 말이 틀림없이 있을 것이라고 생각했기 때문이다. 중년의 백인 남자 선생님은 잠시 생각하고서, 이렇게 대답했다.

  "부연 설명이 필요하지. 다이어트 중인데 먹고 말았다든지, 친구 몫으로 남겨놓았는데 먹어버렸다든지 말이야."

  그렇게 설명을 붙이면 후회하는 마음이 전달된다고.

  "그게 아니고요!"

  평소의 나답지 않게 말투가 강경해졌다.

"설명하지 않는 게 포인트예요. 호소가 아니라 영탄이니까."

선생님이 내 말을 이해하는 데에는 잠시 시간이 걸렸다. 그러고는 자신만만하게 고개를 끄덕이며 이렇게 말했다.

"그렇군. 표정과 억양이 필요하겠어. 고개를 저으면서 한숨을 쉬고, 비극적인 표정으로 'a cake!'를 강조하는 거야."

그리고 그는 고개를 젓고 한숨을 쉬고 비극적인 표정을 지으면서 그렇게 말하는 장면을 직접 연출해주었다. 나는 그 광경을 바라보면서 어이가 없어 이렇게 중얼거리는 수밖에 없었다.

"내 재주로는 도저히 못하겠군."

소금

　소금을 좋아해서, 고기와 생선에는 거의 소금을 뿌려 먹는다. 바다에서 나는 천일염도 좋아하고 산에서 나는 암염도 좋아한다.

　수입 규제가 완화되기 전에는 외국에 갈 때마다 소금을 사 왔다. 스위스와 독일, 호주의 돌소금은 특히 맛있었다.

　소금은 참 멋진 물체라고 생각한다. 천연의 결정이라 생각하면 신기해서, 뚫어져라 바라보고 만다. 우선은 보기에도 아름답다. 천일염은 부드러우면서도 의연하고, 암염은 하얀색이 빛을 품고 있다.

　제분기에 간 자잘한 암염을, 고소한 냄새를 풍기는 스테이크 위에 솔솔 뿌린다. 암염의 입자가 반짝거리며 녹아 제 색을 잃는 순간은 거의 황홀할 정도다.

또 기름이 자르르한 생선에 천일염을 넉넉히 뿌려 구울 때의, 자글자글 타들어가는 생선 껍질과 소금이 어우러져 풍기는 냄새와 톡톡 터져 나갈 듯 실하고 부드럽고 달짝지근한 생선 살의 완벽한 조화.

말랑말랑 품질이 좋은 두부를 구했을 때도, 시원한 두부를 천일염과 고추냉이에 찍어 먹는다.

갓 튀겨낸 비프 커틀릿에도 소금이 가장 잘 어울린다.

또 뒷술을 마실 때, 되 모서리에 올려놓은 소금이 입에 닿는 순간 그 감촉과 함께 입안으로 흘러 들어오는 술의 표연한 맛이 화하게 퍼지는 찰나.

줄줄이 늘어놓으면 몸에 안 좋을 것 같은데, 이렇게 먹고 마실 때는 어쩌다 한번뿐이니까, 한껏 사치를 부리고 싶다.

몇 년 전에 꽤 괜찮은 숯불구이집을 발견했다. 고기도 생선도 야채도 맛있었다. 그 가게에서는 구이 재료에 세 종류의 소스(바질에 오일을 섞은 것, 육즙을 간장으로 맛 낸 것, 토마토를 베이스로 한 것)를 곁들여주는데, 살짝 맛을 보니 소스가 정말 일품이었다. 특히 상큼하고 색상도 선명한 바질 소스!

그런데도 눈앞에서 지글지글 구워지는 고기와 생선을 보면, 내 손은 절로 소금을 선택한다. 어떤 경우에도.

그 가게에서는 소금만 편애하는 나 자신이 아쉬웠다.

핑크색

어떤 색을 좋아하느냐고 물으면, 핑크색이란 대답은 절대 하지 않는다. 내 소지품에도 핑크색은 많지 않다. 옷은 물론 립스틱에도 없다. 꽃집에 가서도 핑크색 꽃을 사는 일은 거의 없다. 차가운 색상이 부담 없다. 따뜻한 색상이 필요할 때는 하양이나 노랑을 고른다.

그런데 바로 얼마 전, 중대한 발견을 했다. 핑크색을 보면 왠지 무턱대고 기뻐진다는 것이다.

누가 선물을 주었는데 포장지가 핑크색이면 나도 모르게 환성을 지른다.

"와, 핑크색이다!"

그것은 아주 행복한 환성이다. 기껏해야 포장지인데.

화장품 가게 점원이 수정처럼 아름다운 핑크색 스킨을 권했을 때도 그랬다. 나는 그 색에서 눈을 뗄 수가 없어, 15년 동안 줄곧 사용했던 스킨을 매몰차게 외면하고 그 핑크색 스킨을 사고 말았다.

남편이 집을 비우는 일이 잦은 내게 실버핑크색 휴대전화를 주었을 때는 어이가 없어 핀잔을 주고 싶었는데,

"와, 핑크색이다!"

하고 외친 내 목소리는 기쁜 듯이 울렸다.

활짝 핀 벚꽃이나 모란꽃을 보면 나는 그만,

"와, 정말 예쁜 핑크색이네!"

하고 중얼거린다. 예쁜 벚꽃, 예쁜 모란이 아니라 예쁜 핑크색이라고.

옛날의 데커레이션케이크에는 주로 엷은 핑크색 크림으로 만든 장미가 꽂혀 있었다. 나는 초콜릿으로 만든 곁가지나 머랭으

로 만든 강아지보다 엷은 핑크색 장미가 꽂혀 있는 부분이 먹고 싶었다.

핑크색은 기습적으로 나를 공격하는 복병 같다. 어찌 된 일인지 그 색 앞에서, 나는 늘 무기력하게 움쩍달싹 못한다.

문라이트 세레나데

　늦은 밤 택시를 타고 집으로 돌아갈 때, 라디오에서 '문라이트 세레나데'가 흘러나오면 왠지 외로워진다.

　그런데 왜인지 늦은 밤 택시의 라디오에서는 유난히 그 곡이 자주 흐른다. 남자 아나운서의 차분한 목소리가 "그럼, 무슨 무슨 악단이 연주하는 문라이트 세레나데를 들려드리겠습니다."라고 한다. 아아, 왜 또……, 하고 생각한다. 창밖은 캄캄하고, 나는 택시 뒷좌석에 동그마니 앉아 밤 속을 이동하고 있다.

　문라이트 세레나데는 원래 음악에 그다지 주의를 기울이지 않아도 되는 상황, 그러니까 공개적인 장소에서 연주하기에 적합한 곡이 아닐까 생각한다. 많은 사람들이 북적거리고, 술과 음식이 있고, 멀리서는 갖가지 향수 냄새가 풍겨 오고, 이야기 소리와 웃음소리가 오가고, 직장 동료나 가족, 또는 연인이 옆에 있는 장소에서, 딱히 귀 기울지 않아도 절로 들려오는 감상적인 음악.

깊거나 무겁지는 않다. 오히려 가볍고, 적합한 곳에서 들으면 편안한 음악이다. 하지만 그렇다고 위험 요소가 적은 것은 아니다.

위험. 음악은 야만적이라고 생각한다. 자칫 아무 생각 없이 듣다 보면, 건드리고 만다. 확인하고 싶지 않은데(혹은 확인할 것까지도 없는데), 본의 아니게 고독을 확인하게 된다.

그런 데다 택시 안이라는 게 또 문제다. 그 협소하고, 생활 감각이 있다고도 없다고도 할 수 있는 공간. 밤거리를 이동하는 무수한 차들 가운데 한 대. 나와는 전혀 무관한, 운전사란 타인의 인격과 인생. 그리고 운전사와는 아무 관계 없는, 나란 손님의 감정과 그날 하루.

깊은 밤 택시 안에서의 문라이트 세레나데는 늘 어색하게 들린다. 그 어색함은 우스꽝스럽고, 그리고 몹시 공허하다.

장화

어렸을 때는 장화를 싫어했다. 벌컥거려서 걷기 불편한 데다 멋도 없다고 생각해서였다.

"겉멋만 부리면 안 되지."

그래서 엄마에게 여러 번 그런 잔소리를 들었다. 어른이 되자 아무도 내게 장화를 신으라고 하지 않았다.

8년 전, 어떤 텔레비전 프로그램 일로 영국에 갔다. 『폭풍의 언덕』의 무대인 하워드를 찾아 들판을 거닐면서 느낌을 얘기하는 일이었다. 하워드는 상상했던 것보다 한층 황량한 고장이었다. 마침 겨울이라 연일 눈보라가 몰아쳤다. 추위는 그래도 참을 수

있었다. 참을 수 없는 것은, 푹 젖은 가죽 부츠 속에서 냉습포처럼 발에 딱 달라붙은 채 얼어버린 양말과, 또 그 안에서 내 발이라 여겨지지 않을 만큼 통통 붓고 곱은 발, 눈물이 쏙 빠질 정도로 아픈 발가락이었다. 걷는 데 상당한 노력이 필요했다. 다른 생각은 조금도 할 수 없었다. 5분 간격으로 쉬면서 발가락 마사지를 받느라 여러 스태프들에게 폐를 끼쳤다.

그다음 날도 날씨는 마찬가지였다. 같은 장소에서 또 촬영을 했다. 다만 한 가지가 달랐다. 나는 하워드 사람들의 필수품, 그들이 친애의 마음을 담아 '웰리즈' 라 부르는 모스그린색 고무장화를 신고 있었다.

신기하리만큼 쾌적했다. 두툼한 양말에 감싸인 발은 몇 시간이 지나도 보송보송하고 따스했다. 그 정도만으로도 나는 춤이라도 추고 싶을 만큼 기뻐서, 방실방실 웃으며 촬영에 임했다.

발바닥이 보송보송하고 따스할 것!

행복의 첫째 조건이다.

짐이야 늘어나건 말건, 나는 그 장화를 보물처럼 소중하게 싸들고 돌아오는 비행기를 탔다.

도쿄에서 그 장화를 신을 일은 좀처럼 없지만, 큼지막하고 반들거리고 튼튼하면서도 귀여운 그 장화가 신발장에 있는 것만으로도 안심이 된다.

프렌치토스트

행복 그 자체, 라고 생각하는 먹을거리에 프렌치토스트가 있다. 우유와 계란을 입힌 식빵을 버터를 녹인 프라이팬에 노릇노릇하게 구워 설탕을 살짝 뿌려 먹는다. 뜨겁고 부드럽고 곳곳이 향기롭고, 마음까지 달짝지근해진다.

호텔 같은 곳에서는 설탕 대신 꿀을 곁들여 나온다. 설탕을 뿌린 것도 꿀을 얹은 것도 모두 맛있다.

프렌치토스트를 먹을 때면 늘 떠오르는 연애가 있다. 나는 그 연애에 푹 빠져 있었다. 나날이 즐겁고, 나날이 도를 벗어난 연애였다.

그 무렵 우리는 아침으로 곧잘 프렌치토스트를 먹었다. 그 남자는 조그맣게 자른 프렌치토스트에 버터 한 조각을 올려놓고, 안 그래도 달콤한데 꿀까지 듬뿍 묻혀, 포크로 찍어서 내게 내밀었다. 행복을 휘두르는 몸짓. 나는 그의 그런 모습을 그렇게 불렀다.

처음 먹은 프렌치토스트는 아빠의 작품이었다. 엄마가 감기에 걸려 머리를 싸매고 누웠을 때였다. 아빠는 입속은 물론 입가까지 자글자글해질 만큼 하얀 설탕을 듬뿍 뿌렸다. 세 살이나 네 살이었을 나는 그 맛에 감동해서 깔끔하게 해치웠다. 아빠가 부엌에서 일한다는 비일상적인 사태에 대한 흥분감도 한몫했다. 그래서 흐뭇해진 아빠는 그 후에도 몇 번, 일요일 아침 같은 때 프렌치토스트를 만들어주었다. 만들기 전에는 꼭 이렇게 말했다.

"오늘 아침은 특식이다."

미국의 어느 시골에서 유학 생활을 할 때, 간혹 친한 친구들과 패밀리 레스토랑에서 아침을 먹었다. 그런 곳에서 나오는 프렌치토스트에는 베이컨이나 소시지가 곁들여 있었다. 나는 프렌치토스트에 그런 것은 필요 없다고 생각했다. 하지만 지금은 나름 그리운 맛이다.

　프렌치토스트가 주는 행복은 그것이 아침을 위한 먹을거리이며, 아침을 함께할 만큼 소중한 사람이 아니면 같이 먹게 되지 않기 때문이리라.

연필과 샤프펜슬

원고는 연필로 쓴다.

사실은 샤프펜슬로 쓰는데, 누가 물으면 연필이라 대답하는 까닭은 샤프펜슬이라는 단어가 영 폼이 안 나기 때문이다. 샤펜이라고 줄여 말하면 더욱 느낌이 안 좋다. 어정쩡한 발음이다.

그에 비해, 연필. 좋은 이름이다. 연필이라고 쓰기만 해도, 또는 그렇게 발음하기만 해도, 초등학생 시절에 필통을 열면 피어오르던 냄새—갓 깎은 연필을 쓰는 내내 사방에 떠다니던 냄새—가 떠오른다. 나무와 부드러운 연필심이 빚어내는 그 고요하고 차분한 냄새를 나는 무척 좋아했다.

하지만.

그런 한편 연필은 늘 나를 당혹스럽게 하는 도구였다. 언제 깎으면 좋을지 고민스러웠다. 끝이 뭉툭해진 연필은 칠칠하지 못하고, 너무 뾰족하면 쓰기가 힘들다. 적당한 상태는 잠깐밖에 없다. 글을 쓰는 도중에 글자의 굵기가 달라지는 것이 싫었다. 늘 뾰족한 심으로 쓰고 싶어 하다 보면 거의 세 줄에 한 번씩 깎고 싶은 충동에 시달려 끝이 없다.

그래서 처음 샤프펜슬을 사용했을 때는 감격했다. 일정한 굵기가 항상 유지된다는 것.

그 편리함은 매우 중요하다.

심을 너무 길게 빼지만 않으면 부러질 염려도 없고, 또 심의 굵기와 짙기도 선택할 수 있다. 샤프펜슬 자체에도 굵고 가는 것이 있어, 손에 맞는 것을 고를 수 있다. 멋진 도구다.

나는 샤프펜슬을 정말 유용하게 쓰고 있다. 내 성격에 맞는 유일한 첨단 기술이 아닐까 싶다. 그런데도 연필이라 말하는 심리에 나 자신도 화가 난다.

비누

비누를 물에 적셔 두 손으로 마주 잡고 쓱싹쓱싹 비빈다. 그때 손바닥 안에서 비누가 미끄러지는 감촉은 거의 관능적이라 할 만큼 사랑스럽다. 거품이 보글보글 일고, 그 거품이 공기를 머금어 향내를 풍기며 손에서 넘쳐흐르는 정경. 그렇게 더러움을 씻어주다니, 너무 착하다.

비누가 일하는 모습은 멋지고 청결하다. 거품은 아무리 많아도 물로 좍 씻어내면 흔적도 없이 사라지는데, 피부 감각은 씻기 전과 씻은 후가 전혀 다르다. 눈에 보이지 않아 더욱 선명하게 그 차이를 알 수 있다.

비누의 모양은 더없이 단순하고 가련하다. 모두 말이 없고 얌전하다. 나는 지금껏 말 많은 비누를 한 번도 본 적이 없다. 그리고 조금씩, 조금씩 녹아 사라진다.

나는 눈雪의 결정과 소금과 비누를 두루 신비롭고 아름답다 여긴다.

물론 비누는 인공적으로 만든 것이니까 나머지 둘과는 차원이 다르다고 하는 사람도 있을 것이다. 그래도 어쩐지 그 세 가지는 닮았다.

한편 사용하다 보면 표면이 마르면서 금이 가고, 그 금 사이가 거뭇거뭇해지는 비누가 있다. 그런 경우는 서글프다. 한번 그렇게 되면 원래 모습으로 돌아가지 않는다. 손바닥으로 비벼보면 감촉도 거칠거칠하다.

그리고 비누는 반드시 비누로 써야 한다. 옛날에 어떤 잡지에, 비누를 얇은 종이로 싸서 서랍장에 넣어두면 옷에 스민 향을 즐길 수 있다는 내용이 실렸었는데, 그런 방법은 전혀 우아하지 않다. 게다가 옷에 스밀 만큼 향이 강한 비누여야 한다. 비누 향은 물과

피부와 어울려야 제격이지, 천에 스미면 다른 것이 되고 만다.

비누는 얇은 종이에 싸든 말든 오래 방치해두면 기름기가 배어 나온다. 그것은 비누의 죽음, 이라고 생각한다. 비누를 커다란 채로 그냥 죽게 해서는 절대 안 된다.

자장가

어렸을 때 아빠가 불러준 자장가는 〈자장자장 잠들어라〉였고, 엄마가 불러준 자장가는 〈잘 자라 우리 아가〉였다. 아빠는 '아가'를 '예쁜이'로 바꿔 불렀다. 엄마는 노래가 구성져지는 부분(달님은 영창으로 은구슬)에서 우는 아이도 입을 다물 소프라노가 되었다.

나와 여동생은 그 두 노래를 뒤죽박죽 기억하고는, 인형 놀이를 할 때면 '자장자장 잘 자라'니 '자장자장 우리 아가'니 하며 대충 불렀다.

자장가란 참 신기한 것이다. 어른이 된 나는 이제 막 자려는 참에 노래를 불러대면 시끄러워서 잠이 들 것 같지 않다고 생각하는데, 어린아이들에게는 기분 좋게 들린다면, 그것은 역시 어린아이들이 말을 이해하지 못하는 데다 기껏 노래를 불러주는데 들어는 줘야지, 하는 공연한 신경을 쓰지 않는 덕분일 것이다. 그런 것을 천진함의 미덕이라 해야 할까.

얼마 전에 그런 생각을 했더니 갑자기 자장가가 듣고 싶어졌다. 그래서 남편에게 부탁했다.

"노래 하나 불러봐."

남편은 침대에 누운 채로 노래했다.

"소 새끼 송아지가 목장에 있었습니다."

처음 듣는 노래였다. 마지막까지 다 듣고서 고맙다고 말한 후에, '소 새끼 송아지'란 말이 좀 이상하지 않냐고 물어보았다. 남편은 태연하게 '소 새끼 송아지'가 맞는다고 고집을 부렸다. 어떤 의미냐고 물었더니, "소가 낳은 새끼 소."라고 대답했다.

나는 아무래도 이상했지만, 그 가사가 왠지 마음에 들어 남편이 불렀던 멜로디를 흉내 내 불러보았다.

당신도 노래를 불러야 한다는 남편의 말에 나는 천장을 노려보며 〈산토끼처럼〉을 불렀다. 〈산토끼처럼〉은 나카지마 미유키中島 みゆき[1]의 노래로 이런 가사로 시작된다.

"좋은 남자는 얼마든지 있으니까 곁에 있어, 늘 곁에 있어줘."

내가 노래를 다 부르자 남편은 이런 말을 툭 뱉었다.

"이제 잠은 다 잤군."

---

1. 1952년 홋카이도에서 태어난 일본을 대표하는 여성 싱어송라이터.

삶은 계란

집 밖에서 상쾌한 공기를 마시며 도시락에 담긴 삶은 계란의 껍데기를 까, 한입에 쏙 넣고 우물우물 먹을 수 있는 사람을 동경한다.

아주 맛있고 행복한 느낌을 상상할 수 있다. 삶은 계란의 맛이 고스란히 느껴지리라. 공기가 좋은 바깥이라면 소금의 맛도 한결 더하리라. 매끈한 하양과 토실토실한 노랑의 대조는 보기만 해도 마음이 즐거워지리라. 건강한 포만감이 입과 혀가 아니라 몸으로 전해지리라. 완벽한 동그라미로 존재하는 그것은 통째로 몸에 들어가야 비로소 특별한 음식이 된다.

나는 삶은 계란 하나를 통째로 먹어본 적이 한 번도 없다. 앞으로도 아마 없을 것이라고 생각한다. 삶은 계란을 별로 좋아하지 않기 때문이다. 특히 통째로 먹는 것은. 한입 가득 우물거리다 보면 목이 메고 가슴이 답답해진다. 간신히 삼켰다 싶으면 이번에는 왠지 위가 더부룩하다. 삶은 계란이 수분을 빼앗아가는 느낌이다.

게다가 껍데기 조각이 남아 있을까 봐 겁이 나서, 나는 옛날부터 남이 까준 삶은 계란은 먹지 못한다. 내 손으로 조심조심 까고, 깐 후에 수돗물로 한 번 씻고 나서야 조금씩 먹는다.

다른 계란 요리는 좋아하니까 굳이 애를 써가며 삶은 계란을 먹을 필요는 없지만, 그래도 왠지 다른 계란 요리에는 없는 특별한 맛이 있을 것이란 생각이 든다.

집 밖에서는 더더욱.

삶은 계란 하나를 입에 쏙 넣고 우물거리는 감각, 목이나 가슴에 걸리는 일 없이 위로 내려간 그것을 완전하게 소화시키는 신체적 감각. 정말 개운할 것 같다. 그 자리에서 까는 투박한 행위도 멋지다. 몸과 마음이 모두 건전한 사람만이 할 수 있는 일이라고 생각한다.

　집 밖에서 상쾌한 공기를 마시며 도시락에 담긴 삶은 계란의 껍데기를 까, 한입에 쏙 넣고 우물우물 먹는다.

　다음 세상에는 그런 사람으로 태어나고 싶다.

건포도 맛

건포도 맛이 나는 와인을 좋아한다. 씁쓸하면서도 달달하고, 예쁜 적색이 아닌 어렴풋한 노랑기가 도는 색에, 캐러멜 향이 풍기는 와인을 좋아한다. 와인 이름은 잘 모르지만, 아마로네나 바르베라 달바가 맛있다고 생각한다.

애호가까진 아닌데, 작년에 시리아를 여행하면서 그래도 꽤 좋아하는 모양이라고 자각했다. 시리아는 이슬람교를 믿는 나라라서 술을 팔지 않는 레스토랑이 많다. 그 나라 사람들은 와인 대신 환타 오렌지나 세븐업 등의 단맛이 강한 탄산음료를 마시는데, 솔직히 그런 음료를 마시는 광경은 보기만 해도 배가 부르다.

  내 입맛에 맞는 와인이 있으면 음식을 많이 먹을 수 있다.

  맛있는 와인은 위가 아니라 몸으로 흡수되는 것 같다. 마지막 한 방울까지 피와 살이 된다는 실감도 느껴진다. 피부와 속눈썹까지 그 맛을 즐긴다.

  몇 년 전, 와인을 취재하기 위해 보르도에 갔다. 포도밭과 양조장, 저장고를 찾아다니면서 많은 사람들의 얘기를 들었다. 다양한 지역의, 생산 연도가 다른 갖가지 와인을 마셨다. 포도의 종류도 배웠다. 그 결과 내가 보르도산 와인을 그다지 좋아하지 않는다는 것을 알았다. 모두 캐러멜 맛이 아니라 시큼한 유산乳酸 맛이 났다.

취하기에 부족하지 않은

그 얘기를 하자 친구가 부르고뉴산 와인을 권해 한번 마셔보았다. 하지만 역시 내 입맛에는 맞지 않았다.

"향이 너무 강해서 많이 못 마시겠어."

그렇게 투덜거렸더니, 친구는 "노동자 같은 소리를 하는군." 하며 웃었다. 당연한 말이다. 삶 자체가 노동이니까.

아무래도 나는 '보존 상태가 별로 좋지 않은' 와인을 좋아하는 것 같다. 와인에 정통한 사람과 이탈리아 여행을 할 때였다. 내가 맛있다고 하는 와인에 대해 그는 늘 '보존 상태가 좋지 않은 와인' 이라고 토를 달았다. 어쩌면 포도 맛보다는 건포도 맛이 나는 와인을 좋아하는 것과 관련이 있는지도 모르겠다.

아주머니의 스카프

늘 목에 스카프를 두르고 있는 아줌마가 있다. 목에 수건을 걸친 목수 아저씨처럼 척 두르고 아무렇게나 묶는다. 멋을 부리고 외출할 때는 스카프를 그렇게 묶지 않을 것이라고 생각한다. 왜냐하면 외출복 차림에 그렇게 스카프를 맨 사람은 본 적이 없으니까.

그런 걸 네커치프라고 하는지도 모르겠다. 트레이닝복 차림일 때도 얇고 조그만 스카프를 목에 두르고 있다. 하도 꼬깃꼬깃해서 어떤 무늬인지조차 알 수 없다. 아마 목을 따뜻하게 하려고, 그리고 거의 습관적으로 매일 두르는 것이리라.

나는 그런 모습이 전혀 세련되지 않다고 생각하고 있었다. 영볼품이 없다고. 그런데 큰 실수였다.

그 모습은 커다랗고 매끈매끈한 실크 스카프를 정석대로 보기 좋게 두른 모습보다 한결 생활미가 있다.

그녀들의 일상에 그 네커치프는 없어서는 안 될 것이다. 두르지 않으면 왠지 허전하고, 춥고, 뭔가 빠진 듯하리라.

장신구란 타인을 위해서가 아니라 자신을 위해서 있는 것이라고 생각하는 나는, 그래, 그 네커치프는 정당해! 하고 납득하고 만다.

목걸이나 반지도 그렇지만, 우리나라 사람들은 장신구를 몸에서 한시도—잘 때나 샤워를 할 때도—떼어놓지 않는 습관이 없다. 그래서 그런 습관이 있는 나라의 사람들만큼 잘 어울릴 수 없는 것이다. 생활미가 없으면 세련미 또한 있을 수 없다.

개인적인 행복을 위해 한시도 떼어놓지 않아, 그것이 몸의 일부처럼 되는 것은 멋진 일이다. 그렇게 생각하면 그 아줌마가 늘 목에 두르고 있는 스카프는 이 나라 여자가 체득한 유일한 장신구

일지도 모르겠다.

　그러니 세련되었을 수밖에.

배스 타월과 배스로브

배스 타월과 배스로브를 여럿 갖고 있다. 하루에도 몇 번이나 목욕을 하는 데다 도중에 전화벨이 울리거나 무슨 일이 생겨 들락날락하기 때문에, 양쪽 다 내게는 필수품이다. 같은 것을 많이 갖고 있으면 사치스럽다 여길 수도 있겠지만, 나는 물건을 오래 쓰는 편이라 비경제적이란 생각은 하지 않는다.

타월지의 흡수력에는 늘 감탄하지 않을 수 없다. 손 한번 닦으면 젖어버리는 손수건에 비하면 놀라운 실력이다.

또, 타월과 로브는 건조기에 말리는 편이 훨씬 보송보송하다. '볕이 좋고 바람이 잘 통하는 밖에 너는 것'은 아름다운 개념이지만, 오랫동안 사용한 타월을 그렇게 말리면 뻣뻣해진다.

　기계가 좋지요, 하고 말해주는 것은 많지 않다. 게다가 다림질도 필요 없으니까, 타월은 순전히 내 편이다. 멋지다고 생각한다.

　내게 목욕은, 현실을 떠나 다른 공간으로 가는 짧지만 결정적인 타임 슬립이다. 그러니까 타월이나 로브는 현실로 돌아온 첫 순간 내 몸에 닿는, 이른바 내가 있어야 할 현실 세계의 대표인 셈이다. 그러니 폭신폭신하고 보송보송하고 따뜻하기를 바란다.

　온천 여관에 갔는데 섬유 유연제를 사용한 타월이 비치되어 있으면 무척 실망스럽다. 유연제를 사용한 타월은 표면에 막이 낀 꼴이라 천이 닳은 것은 감춰주지만 수분을 전혀 흡수하지 않는다. 타월은 원래 튼튼한 물체니까 괜한 공정을 거칠 필요가 없다. 그냥 빠는 것으로 충분하다.

　나는 그런 배스 타월과 배스로브에 친근감을 품지 않을 수 없다.

　젖은 채 축 늘어져 있으면 기분이 영 찝찝하니까 얼른 빨아주세요. 별로 힘들 것도 없잖아요. 세탁도 건조도 기계로 해주는 편이 좋으니까요. 그리고 너덜너덜 헤졌는데 약품 같은 것을 써서 공연히 이 세상에 붙잡아두지 마세요.
그 마음, 충분히 이해한다.

경정

경정에 빠진 지 2년 정도 되었다. 경정은 재미나다. 그 호쾌한 물보라! 애당초 나는 물을 보는 것을 좋아한다.

보인다, 는 것이 핵심이다. 누가 어디서 무엇을 하는지. 예를 들어 경마는 열여섯 마리가 한꺼번에 달리기 때문에 한 마리 한 마리(또는 기수 한 명 한 명)의 전술이나 기량이 내게는 보이지 않는다. 자신이 돈을 건 말이 이겨도 그저 '빨랐다'는 것밖에 알 수 없다. 축구는 스물두 명이 경기를 하기 때문에 흘러가는 공과 골 주변에서 화려하게 펼쳐지는 기술, 전략은 볼 수 있어도, 다른 곳에서 선수 한 명 한 명이 발휘하는 기량은 놓칠 수밖에 없다.

그러나 경정은 전체가 보인다. 아웃코스에 있던 선수가 인코스로 찌르고 들어가는 전술, 반대로 인코스에 있다가 추월당하고 마는 선수의 계산 또는 처지, 선수가 왼손으로 무언가를 누르면서 오른손으로 핸들을 돌리는 모습과 돌아보며 뒤따라붙는 선수를 경계하는 모습, 선수 하나하나가 턴을 하는 각도, 엉거주춤 서서 몸을 앞으로 숙인 자세, 보트가 서로 부딪치는 광경, 그런가 하면 그 격전을 간발의 차로 피한 선수가 전속으로 앞지르는 역전극. '행운(출발 사고로 우연히 일착을 한 경우)'이란 용어가 있는 것도 흥미롭다.

경정은 노래로 치면 트로트 같다. 선수에게 개성과 더불어 '이것도 장사'라는 감각이 있다. 비주얼도 되고 기술도 좋은 나이 많은 선수, 힘이 넘치는 젊은 선수, 그 사이에 양쪽을 모두 갖춘 스타 선수와 양쪽 다 그저 그런 중견 선수가 있다.

또 경정 신문도 흥미롭다. 스승이나 혈연(친인척이 선수였던 경우)을 쓰는 난에 '펠러는 홀로'라고 쓰여 있는 사람이 있어, 그 트로트적인 힘찬 표현에 감동했다. 펠러란 프로펠러를 뜻하는 말인 듯하다. 모두들 자신의 프로펠러를 지니고 경정장을 돌아다니는 것이다.

얼마 전에 한 아저씨가 내기에 졌는지, "이런 바보 자식!" 하고 고함을 지르는 소리가 들려왔다. 그 말은 바로 그때의 내 기분이기도 했기에 내 가슴에 쏙 들어오고 말았는데, 그 후로 불쑥불쑥 "이런 바보 자식!" 하고 입에서 튀어나와 난감하다.

좌우명 또는 좋아하는 말

책에 사인을 할 때, "좌우명을 써주세요." 하는 독자가 있다. "좋아하는 말을 써주세요." 하는 독자도 있다. 그럴 때마다 나는 뭐라 쓰면 좋을지 당혹스러운데, 그러면 독자도 나를 당혹스럽게 해 미안하다고 생각하는지 난처한 표정이 되는 터라 나는 점점 더 당혹하고 만다. 독자를 난처하게 만들어서는 안 된다고 생각하기 때문이다. 그래서 얼른, "있어요, 좋아하는 말. 괜찮아요, 써 드릴게요."라고 말하는데, 말은 그렇게 해도 당혹스러운 건 여전하다.

내가 좋아하는 '가슴에 세계의 끝을 품은 자는 세계의 끝으로 가야 한다'는 말이 떠오르기는 하지만, 그건 아베 코보의 말이니까 내 이름과 함께 쓸 수는 없다.

'외로움은 언제나 신선하다'는 가네코 미츠하루의 말이고,

'어른이 되면 얘기하러 오지요'는 프랑수아 트뤼포 감독의 영화 속에 나오는 대사다.

하지만 아무튼 써야 한다는 조급한 마음에 작자 미상이면서 유명한 말, 너무 유명해서 아무도 내 오리지널이라 생각지 않을 말(거꾸로 말하면 '도작'이 되지 않을 말)을 쥐어 짜낸다.

'세상에는 미움받는 자가 오히려 판을 친다.'

'가장의 뜻은 따르게 마련이다.'

그렇게 쓰면서 내가 과연 이런 말을 좋아하는지를 생각한다.

그래서 또 다른 곳에서는 '좋아하는 것'에 착안해서 '잠자기', '놀기', '핫초콜릿', '보송보송 따스한 남자의 손'이라고 써보는데, 좋아하는 걸 써달라고 한 게 아니니까 역시 꺼림칙하다.

차라리 '책을 사주셔서 고맙습니다.'라고 쓸까 하는 생각도 들지만, 그것은 내 좌우명도 아니고 좋아하는 말도 아니다.

　이런 때 다른 작가들은 어떻게 하려나, 하고 혼자 중얼거렸더니 한 편집자가 이렇게 가르쳐주었다.

　"야마다 에이미 씨는 노라쿠로[1] 그림을 그립니다."

　호오, 과연, 하고 생각했다.

1. 다가와 스이호(田河水泡)의 연재만화 속 주인공 들개

서재의 냄새

아빠의 서재에서 나던 냄새를 지금도 기억한다. 세상의 모든 서재가 그런 것처럼, 아빠의 서재에서도 독특한 냄새가 났다. 눅진한 담배와 책 냄새, 낡은 가죽 소파와 아빠 자신의―그의 카디건과 무릎 덮개에 짙게 밴―냄새, 겨울이면 가스스토브, 여름이면 에어컨 냄새가 났다. 매일 저녁때 반주를 마셨기 때문에, 밤중에는 술과 안주 냄새가 희미하게, 아침이면 선명하게 떠다녔다.

어떤 집이나 아빠의 서재는 욕실에서 가깝다. 우리 아빠는 저녁을 먹기 전에 목욕을 했기 때문에 식구 중 혼자만 갓 목욕을 하고 나온 냄새를 풍기며 저녁을 맞았고, 저녁부터 늦은 밤까지 서

취하기에 부족하지 않은

재에서는 따스한 냄새가 났다.

하지만 그런 것들은 모두 배경에 지나지 않는다. 내 기억 속에 있는 아빠 서재의 중심된 냄새는 정신의 그것이다. 집필에 몰두할 때, 쫓기고 있는 정신의 냄새, 또는 고뇌의 냄새. 이상한 일이지만, 문이나 창문을 열어놓아도 그 냄새는 빠지지 않는다. 기체가 아닌 흐물흐물한 우무 같은 질감으로 거기에 머물러 있다.

내가 일하는 방은 아빠의 서재와는 전혀 다르다. 옛날에 함께 살았을 때도 그랬지만, 내 방은 마치 어린애 방 같다. 커피 잔에 그림엽서에 색연필에 유리구슬에 토끼 그림이 그려진 포스터가 어지럽게 널려 있고, 즐겨 뿌리는 향수 냄새가 난다. 일하는 방에서 술을 마신 적은 없기 때문에 술 냄새는 나지 않지만, 대신 커피 냄새가 진하게 배어 있다.

그런데도, 그런데도 지난 몇 년 동안 그 방에 발을 들여놓으면서 깜짝깜짝 놀랐다. 아빠 서재의 냄새가 났다. 똑같은 냄새가. 며칠을 계속해서 원고를 썼을 때, 예정한 대로 일이 풀리지 않아 밖에 나가는 것조차 내 마음 같지 않을 때.

나는 사방을 돌아본다. 방의 모습은 전혀 다른데, 냄새만 똑같다. 순간적으로 우뚝 섰다가, 마침내 피식 웃고 만다. "아빠, 나 쫓기고 있어." 하고, 아빠에게 말을 건넨다.

빗자루와 총채

1년 전쯤에 실내용 빗자루와 총채를 샀다. 그전에는 현관을 쓰는 대나무 빗자루밖에 없어서 실내는 청소기를 사용했다. 몇 년을 계속.

내가 태어나기 전부터 집에는 청소기가 있었으니까, 학교 밖에서는 빗자루와 총채를 사용한 적이 없었다. 당번일 때도 열심히 청소한 기억은 없으니까, 사실은 빗자루와 총채가 얼마나 훌륭한 도구인지, 얼마 전까지 잘 모르고 살았다.

생각해보면, 나는 청소기가 싫었다. 무겁고 시끄러운 데다, 뒤에 있는 스피커처럼 생긴 곳에서는 먼지 냄새 나는 공기가 쉭쉭

나온다. 수납에도 자리를 차지한다. 좁은 공간에서 이리저리 끌고 다니기 쉽도록 설계하는 데도 한계가 있고, 가구 사이 좁은 틈에는 노즐이 잘 들어가지 않는다. 코드도 거치적거리고, 원터치로 주르륵 들어가는 코드는 툭하면 손발에 부딪쳐 아프다. 청소기 안에 먼지와 쓰레기가 쌓이는 것도 불안하다. 안에서 뭔가 썩어가고 있으면 어쩌지, 모르고 빨아들인 벌레가 알을 까고 번식했으면 어쩌지, 하고 생각한다.

그래서 한때는 청소기를 한 번 돌릴 때마다 필터를 교체했다. 정말 성가시고 비경제적인 데다 필터를 사러 가야 하는 것도 귀찮은 일이었다. 그리고 남편과 강아지는 청소기 소리를 싫어하는 동물이라, 쉬는 날에 청소를 하면 양쪽이 모두 인상을 찌푸린다는 중대한 문제도 있었다.

원래부터 전자 제품에 막연한 공포와 불신을 품고 있다는 사실을 제외하더라도, 청소기에는 그 자체로 갖가지 문제점이 있다.

그런데, 빗자루와 총채!

절찬을 금할 수 없다. 가련하고 심플한 모습에, 청결하고 조용하고 기능적이기까지 하다. 문틈까지 거의 완벽하게 쓸어낼 수 있다. 청소기는 한번 돌리기 시작하면 왠지 집 전체를 청소해야 할 것 같은 기분이 드는데, 빗자루는 눈에 띄는 먼지나 나뭇잎(강아지가 몸에 묻혀 들어온다)만 싹싹 쓸어낼 수도 있다. 그리고 무엇보다 모든 것이 눈에 보인다는, 그 안도감이 좋다.

오버

요즘은 오버라는 말을 듣기가 어려워졌다. 내가 어렸을 때는 울이나 캐시미어 소재의 길고 두툼한 코트를 다들 오버라고 불렀다. 코트는 오버코트의 약칭일 테니까, 두껍든 얇든 외투는 코트라도 해도 무방하지만, 오버라는 말이 사라지고 있는 것 같아 왠지 허전하다.

'코트'란 말에는 가벼운 느낌이 있다. 레인코트, 트렌치코트, 스프링코트, 주로 소재가 얇은 외투가 떠오른다.

오버는 전혀 다른 느낌이다. 무겁고 두껍고, 때로는 투박하다. 물론 질 좋은 오버는 매끄럽고 가볍고 따뜻하겠지만, 그런 경우

에도 기본적으로 무거운 옷인데 가볍다는 점에 우월성이 있다고 생각한다.

또 오버는 냄새가 배기 쉬운 옷이다. 레스토랑에서 식사를 하고 돌아오면 레스토랑 냄새가 난다. 택시를 타면 택시의, 거리를 걸으면 겨울날 바깥 날씨의 냄새가 한동안 배어 있다.

어린 시절에는 그래서 오버가 싫었다. 냄새를 묻혀 오면 기분이 찝찝했다. '외출'에는 기본적으로 엄마의 향수와 택시 냄새가 따라다니는데, 거기에다 튀김 냄새까지 섞이면 '좋은 냄새'라 할 수 없었다.

안 그래도 옷을 두껍게 입고 다녔는데 거기에 오버까지 입으면 우스꽝스러울 만큼 둔해져서 팔의 움직임마저 굼떴다. 그리고 결정타는 '보호받고 있다는 느낌'. 오버라는 옷에는 압도적으로 그런 느낌이 있다. 오버를 입기가 싫어서, 그때마다 혼이 나는 결국 억지로 입었다.

겨울의 즐거움 가운데 하나가 오버이고, 그것에 포근히 감싸일 때의 안심감과 둔해지지 않도록 연구해 입을 때의 뿌듯함, 행복한 외출에서 묻혀 오는 냄새까지 즐기는 날이 올 줄이야, 그 무렵에는 상상도 하지 못했다.

취하기에 부족하지 않은

설탕

커피나 홍차에는 넣지 않고 음식을 만들 때도 좀처럼 사용하지 않지만, 나는 설탕을 좋아한다. 조미료로서가 아니라 설탕 자체의 맛을 좋아하는 것이다. 하얗고 사락사락하고 예쁘다.

빙수를 먹을 때도 가장 좋아하는 것은 설탕을 조려 만든 시럽과 얼음이 어우러진 얼음물이다. 편의점에서 파는 것을 예로 들면 〈미조레〉와 〈시라유키〉. 솜사탕과 별 사탕도 좋아한다. 비둘기 모양 다식茶食도, 〈후타리시즈카〉란 이름의 설탕으로 만든, 하얀 바탕에 주홍색 그림이 그려진 과자도.

설탕은 허망한 맛이 난다.

그래뉴당granulated sugar이나 과당, 황설탕, 흑설탕, 굵은 설탕과는 전혀 다른 맛이다. 이런 설탕도 각기 개성 있고 맛도 있지만, 허망하지는 않다.

설탕의 본질은 허망함에 있다고 생각하는 나는, 그래서 백설탕을 가장 좋아한다.

내가 아는 많은 부엌에는 설탕 통이 있었다. 지금도 사용하는 사람이 있을 테고, 어엿한 설탕 통은 아니더라도 플라스틱 조미료 통에 설탕을 옮겨 담아 사용하는 사람도 있다. 그렇게 하는 것도 멋진 일이라고 생각한다. 꼼꼼한 생활 감각을 느낄 수 있다. 용

기나 그릇은 문명의 상징이다.

하지만 우리 부엌에는 그런 것이 없다. 흘리거나 내용물에 습기가 차서 딱딱해지는 것이 싫어서인데, 이는 물론 날마다 닦고 매만지지 않기 때문이다. 모든 도구는 하루도 빼놓지 않고 닦고 매만지고 손질해야 제대로 사용할 수 있다. 설탕뿐 아니라 소금이나 간장도 그렇다. 그래서 나는 사 온 상태 그대로 보관한다. 다른 집 부엌에서 설탕 통을 보면, 잠시 열등감에 시달린다.

얼마 전에 에비스에 갔더니, 마침 전통 축제날이었다. 고마자와 거리를 따라 음식을 파는 포장마차가 줄줄이 나와 있었다. 나는 전통 축제를 구경해본 일이 거의 없어 흥미로운 기분으로 걸었다. '박하 파이프'란 것이 눈에 띄었다. 그냥 지나쳤다가 역시 궁금해서 다시 돌아가 기관차 토머스 모양 파이프를 하나 샀다. 긴장하면서 빨아보았더니, 설탕 맛이었다. 시원하고 허망하고, 그리고 느껴질듯 말듯 희미한 맛이었다.

전화

전화는 싫어하는지 좋아하는지 잘 모르겠다. 우선 긴 통화는 싫어한다. 짧은 통화도, 할 말을 하고 나면 침묵하게 된다. 그 때문에 종종 무뚝뚝하다는 인상을 주는 듯하다.

"자고 있었어?"

"혹시 감기 걸렸니?"

그런 소리를 자주 듣는다. 뿐만 아니다.

"화난 일 있어?"

"기분이 안 좋니?"

상대가 그렇게 묻는 일도 있다.

취하기에 부족하지 않은

그나마 그렇게 묻는 사람은 그래도 친한 사람이다. 그렇지 않은 사람은 생각은 해도 물을 수 없으리라. 아마도.

전화로 나누는 대화는 쉽지 않다.

"요즘 어떻게 지내?"

"요즘 바쁘니?"

그런 단순한 질문에도 어디서부터 어떻게 대답하면 좋을지 몰라 생각에 잠기고 만다. 생각하는 동안 침묵이 찾아온다. 당황한 나는 허둥지둥 문법적으로 옳으면서 가장 간단한 대답을 뱉는다.

"그냥 그렇지 뭐."

"바빠."

아무 멋대가리도 없다.

전화로 나누는 대화에 나는 철저하게 시큰둥하다. 게다가 어떻게 끊어야 좋을지 모른다.

"그럼, 안녕히."는 입말로는 부자연스러울 것 같고, "실례하겠습니다."는 어색하다.

종종 "또 걸게."라고 하고서 전화를 끊는데, 걸려 온 전화에 답례 차원에서 전화를 거는 일은 없다.

　"또 걸어."라고 말해야 옳을 것 같은데, 상대가 '네가 먼저 걸면 어때서.' 하고 생각할 수도 있고, 그것이 틀린 생각은 아니니까 그렇게도 말할 수 없다.

　결국은 상대가 먼저 끊을 때까지 잠자코 기다린다. 그러다 끊고 나면, 서로에게 당혹스러움과 찝찝함이 남는다.

　그런데도 전화를 받고 상대의 목소리를 듣는 순간, 아는 사람이면 무척 반갑다. 간혹 전화가 한 통도 걸려 오지 않는 날이 있는데, 그런 날에는 왠지 허전해서 혼자 중얼거리며 수화기를 들어 본다.

　"혹시 고장 난 거 아닌가."

쥐치 껍질

쥐치의 껍질을 갖고 있다.

얼마 전에 심심찮게 발길을 하는 생선 초밥집에서 얻어 온 것이다. 나는 그 생선 초밥집을 굳게 신뢰하고 있다. 벚나무 잎으로 싼 도미, 표면을 살짝 구운 고등어, 투명한 살과 그에 어울리는 섬세한 맛이 나는 쥐치. 일품逸品이라는 비본질적인 말로는 그 전체를 절대 표현할 수 없다.

그곳에 갈 때마다 누가 묻지 않아도 "이것이 내가 가장 좋아하는 음식." 이라고 선언하지 않을 수 없다.

그 집 주인아저씨가 쥐치 한 마리를 잡고, 뽀득뽀득 찌익찍 하는 소리와 함께 껍질을 좍 벗겨내는 멋들어진 손놀림을 보고서 갖고 싶어졌다. 막 벗겨낸 껍질은 내가 애용하는 뱀 가죽 지갑과 비슷했다. 만져보니, 축축하고 싸늘하고, 마치 고양이 혀처럼 가칠했다.

바짝 말리면 사포처럼 쓸 수도 있다고 해서, 나는 그것을 비닐봉지에 담아 왔다.

집 안에서 햇볕이 가장 잘 드는 침실 바닥에 널어놓았더니 며칠이 지나자 바짝 말랐다. 약간 일그러진 마름모꼴에, 꼭대기에는 칼집이 들어가 있어 옷깃처럼 보이는 탓에, 마치 망토를 펼친 드라큘라의 뒷모습 같았다. 색깔은 검정 단색이 아니라 이끼 낀 바위 같은 엷은 녹색과 짙은 갈색과 검정이 섞인 색이었다.

뒷면은, 처음에는 굴 껍데기처럼 반짝거리는 유백색이더니 마르고 나자 그 색은 사라져버렸다. 비린내는 전혀 나지 않고 해초와 새로 산 가죽 제품 냄새가 났다.

천연의 사포.

만족한 나는 그것을 요리조리 바라보았다.

하지만 나는 사포 같은 것을 쓸 일이 없다. 뭐에 써야 하는지조차 모른다. 그래서 책상 서랍에, 부서지지 않도록 제일 위에다 살짝 올려놓았다. 그러고는 서랍을 열 때마다 깜짝깜짝 놀란다. 남몰래 서랍에다 동물을 키우는 기분이다.

양화극장

    어렸을 때, 양화극장을 좋아했다. 지금 생각하면 기묘할 정도로 열렬하게 좋아했다. 밤 9시만 되면 엄마와 나와 여동생은 거실에서 텔레비전을 보았다. 영화의 내용에 따라 아빠도 서재에서 나와 함께했다. 일요 양화극장은 요도가와 나가하루 씨가, 월요 로드쇼는 오기 마사히로 씨가, 수요 로드쇼는 미즈노 하루오 씨가, 골든 양화극장은 다카시마 타다오 씨가 해설을 맡았다. 그밖에 3채널에서 하는 명화극장도 있었다.

    나는 거의 매일 밤 양화극장을 보았다. 아무튼 열렬하게, 텔레비전 속으로 빨려 들어갈 듯이. 마릴린 먼로와 오드리 헵번, 그레이스 켈리와 브리짓 바르도가 우상이었다.

　장 가뱅의 〈망향〉, 로제의 〈미모사관〉, 험프리 보가트의 〈카사블랑카〉는 흑백영화였는데도 컬러 영화보다 장면 장면을 선명하게 기억하고 있다. 히치콕 감독의 영화를 볼 때면 늘 깜짝깜짝 놀랐고, 〈태양은 가득히〉와 〈졸업〉은 내게 '새로운 영화'였다. 어느 영화에나 정말 딱 맞는 음악이 흘렀다. 창부는 대개 예쁘고 가련했고, 멋진 남자는 결혼을 하지 않았다.

　광고를 하는 동안 허둥지둥 화장실에 다녀왔던 것도 기억한다. 복도로 나서는 순간, 지금 정든 집에 있다는 것을 깨닫는 그 써늘했던 위화감도. 변기에 쪼그리고 앉을 때는 늘 흥분 상태였다. 아직 해본 적 없는 '연애'와 꽤 중요한 요소인 듯한 '우정'과 '배신'과 '은행 강도', 아무튼 모든 것이 온몸을 현혹했다. 조그만 머리로는 도저히 다 받아들일 수 없는 수많은 사람들의 놀라운 인생이 눈앞에 밀려왔다.

　일본어 더빙인 데다, 2시간이라는 시간제한 때문에 삭제된 장면이 많았다. 지금의 내 감각으로는 몹시 불만스러운 일이지만,

당시에는 알지도 못했고 신경도 쓰지 않았다. 초등학생이었던 나의 행동 범위와 인간관계는 너무도 좁았고, 그것이 내가 아는 세계의 전부였다는 단순한 사실이, 지금 생각하면 몸이 저리도록 감동적이다.

해가 길어진다는 것

해가 길어지면 신이 나는 것은 어떤 심리일까.

나는 불규칙한 생활을 해서, 밤에 일하고 아침에 자는 날도 있고, 낮에 일하고 밤에는 노는 날도 있다. 어차피 하루는 스물네 시간이니까 해가 길든 짧든 그다지 달라질 게 없다고 생각한다.

농업이나 어업에 종사하는 사람처럼 밖에서 일하는 경우는 물론 다를 것이다. 회사에 다니는 사람들은 퇴근 시간이 되었는데도 창밖이 환하면, 조금은 마음이 들뜰지도 모르겠다.

그러나 나 역시 해가 길어지면 신이 난다. 무슨 이유인지는 모르겠다.

밤 나들이를 아무리 부지런히 한다 한들, 낮은 활동하는 시간이고 밤은 휴식을 취하는 시간이라는 인식에서 벗어날 수 없어, 밤의 활동—일을 하든, 술을 마시러 나가든—에 알게 모르게 자책감을 느끼기 때문일까.

아니면 더 단순하게, 어둠을 무서워하고 빛에 안도하는 동물적 본능 때문일까.

이제 곧 여름이 온다는, 계절의 변화에 대한 반가움일까.

실제로도 여름의 해거름에는 각별한 분위기가 있다. 그리움이라 해도 좋고 애매함을 허용하는 공기라 해도 좋을 무언가가.

계절의 변화에는 정말 과묵하고 압도적인 평온함이 있다. 사람들이 날마다 어떤 문젯거리로 골머리를 썩고 얼마나 우왕좌왕하며 살아가든 아무 일 아니라는 듯이, 때가 되면 계절은 어김없이 바뀐다. 아주 오랜 옛날부터 그랬던 것처럼. 문득 그 사실을 깨달아, 기쁘고 평온해지는지도 모르겠다.

그렇다면, 해가 짧아지는 것 역시 기뻐해야 할 일이 아닐까. 이제 곧 가을이 오고, 겨울이 온다고 감격해야 마땅하다고 생각한다.

취하기에 부족하지 않은

슈퍼마켓에서 저녁 찬거리를 사고 밖으로 나설 때, 아직도 날이 환하면 안도한다. 캄캄하게 어둠이 내려 있으면 마음이 조급해지면서 괜히 혼이라도 난 기분이 든다. 불안한 것이다. 몹시.

참 이상한 일이다.

리본

싫어하는 것에 리본 무늬가 있다. 취향 문제이긴 하지만, 거기엔 나로서는 도저히 용납할 수 없는 무엇이 있다. 프린트든 아플리케든, 리본 무늬를 보면 부끄러워서 안절부절못한다. 리본 무늬 옷을 입은 사람을 봐도, 봐서는 안 될 것을 본 듯한 마음에 안절부절못한다.

리본을 아주 좋아하기 때문인지도 모르겠다.

리본으로 머리를 묶어 어울릴 나이는 오래전에 지났는데도 리본을 잔뜩 갖고 있다. 상자 하나 가득한 그것은 거의 쓰이는 일 없이 몇 년이나 마냥 담겨만 있는데, 한 개도 늙지 않았다. 뚜껑을

여는 순간 까르르 웃음소리가 들려올 듯하다.

리본은 똑바른 천이라는 점이 좋다. 손가락에서 스르륵 미끄러질 때의, 또는 휘감길 때의 싸늘한 감촉과 묶을 때 나는 소리. 아주 잠깐, 숨을 멈춘다. 시간을 멈추게 하려는 듯이.

그리고 하나하나에 개성이 있다. 가느다란 것, 넓은 것, 소박한것, 얌전한 것. 그 개성은 색상이나 무늬보다 천의 질감이나 탄력, 광택으로 만들어진다. 선물을 포장하는 리본도, 원피스 뒤에 커다랗게 묶여 있는 리본도.

리본은 반듯하게 꼭 묶어야 한다. 그렇다고 너무 꽉 매도 안 된다. 자유로우면서도 예의 바르고, 유쾌하며, 얌전한 느낌으로 묶는다.

　또 리본에는 음영이 있다. 묶었을 때는 공기를 품고 입체적으로 존재하다가 풀면 이내 하나의 긴 천으로 돌아가는, 그 찰나적인 존재 양식.

　묶고 풀 수 없는 리본은 재미없다. 긴장감과 기개가 없다.

　리본과 리본 무늬는 소녀 자체와 소녀 취향만큼이나 비슷하면서도 비슷하지 않다.

　무늬여서는 안 되는 것이 있다. 무늬로 하다니, 몰상식하다. 정의하기는 어렵지만, 리본이야말로 그런 것이라고 생각한다.

취하기에 부족하지 않은

추리소설

    추리소설을 좋아해서, 추리소설 없이는 하루도 견딜 수 없다. 벌써 10년이나 그런 상태가 계속되고 있다. 외국의 추리소설도 좋아한다. 영혼이나 우주인이 등장하지 않는 것이면 닥치는 대로 읽는다.

    읽는 동안, 나는 어떤 추리도 하지 않는다. 주인공이나 주변 인물이 추리하는 것을 잠자코 보기만 한다.

    내게 추리소설은 읽는 대상이 아니라 일상으로부터 떠나가 있는 장소다. 행선지가 어딘지는 아무 상관 없다. 고전적이든 현대의 풍속을 배경으로 한 것이든, 유머러스하든 묵직하든, 법정물이든 경찰물이든 탐정물이든, 평범한 사람들이 사건에 휘말리는 내용이든, 외출을 주저하지 않는다. 그곳에서 내가 만나는 상대가 남자든 여자든, 노인이든 어린아이든, 부자든 가난한 이든, 각기 모두 멋지다.

전철을 탈 때나 목욕을 할 때, 찻집에서 사람을 기다릴 때, 치과에서 차례를 기다릴 때, 아무튼 늘 추리소설이 없으면 안 된다. 갈 장소가 없다는 느낌이 든다. 또는 있을 곳이 없다는.

누가 굳이 지적하지 않아도, 이건 순전히 도피다.

몇 년 동안이나 그렇다는 걸 인정하기가 두려웠지만, 일을 하거나 식사를 하고 청소를 하고 사람을 만나는 등의 내가 정해서 하는 일, 또는 내가 원해서 하는 일을 할 때가 아니면 나는 늘 책을 읽고 있다. 마음이 다른 곳에 가 있는 것이다.

가령 내 신변에 굉장히 불행한 일이 생겼다 해도, 재미나는 추리소설이 있으면 그것을 읽는 동안에는 울거나 한탄하지 않을 것이라고 생각한다. 그 현장에 없으니까.

원하지 않는 장소에 있고 싶지 않은 것이다.

추리소설을 좋아하게 된 시기와 텔레비전을 외면하게 된 시기가 얼추 일치하는 것도 납득이 간다. 원하지 않는 정보를 싫든 좋든 보고 듣게 되는 것을 고통스러워하는, 겁 많으면서도 이기적인 정신. 호기심 없는 어린애 같다.

하지만 아마도 그 때문에 나는 하루하루를 건강하게, 기분 좋게 살 수 있는 것이리라. 이것은 아주 중요한 점이다.

설거지용 스펀지

언젠가 죽음을 맞으면서, 나날의 양식(과일, 책, 담배 포함)을 제외하고 가장 많이 사들인 것은 설거지용 스펀지 아닐까, 하고 생각하지 싶다. 그런 생각을 하면 기분이 묘해지지만, 거의 틀림없는 사실이다.

슈퍼마켓이나 잡화점에 갈 때마다, '이왕 왔으니까 스펀지도 하나 사 가지 뭐.' 하고 생각한다.

쓰던 스펀지를 언제 버리면 좋을지 판단하는 것도 큰 일거리다. 소모품인데도 줄어들거나 없어지지 않으니까 아직 쓸 만한데도 새것으로 바꿔야 한다. 게다가 내가 편리하다 여기는 스펀

지―아주 기본적인 것, 나일론 천을 덧대지 않고, 탄력이 지나치지 않고(이건 세제 없이도 설거지를 할 수 있단다), 그물망에 들어 있지 않은, 아주 평범하고 손안에서 한없이 작아지는 것―는 기름때를 잘 빨아들이기 때문에 금방 더러워진다. 고기를 볶은 프라이팬이나 생선을 구운 철망을 씻으면 당장 선수를 교체해야 한다. 먼저 나일론 수세미로 씻어내지만, 마지막에는 역시 풍성한 거품으로 씻고 싶어 스펀지를 사용하게 된다.

여행이 잦고, 외식을 하거나 간단한 요리로 대충 끼니를 때우는 일이 많은 나만 해도 이렇게 많은 스펀지를 소비하는데, 다른 가정, 나아가 전 세계에서 사용하는 스펀지 소비량은 상상을 초월하리라.

툭하면 스펀지를 산다. 거의 하루도 빠지지 않고 스펀지를 사용한다. 툭하면 스펀지를 버린다. 게다가 이 일은 살아 있는 한 영원히 계속된다. 아마도. 그런 생각을 하면서 깜짝깜짝 놀란다.

깊은 밤, 부엌에서 설거지를 하다 보면 『이상한 나라의 앨리스』에 나오는 트럼프 병사들처럼 스펀지가 줄줄이 늘어서서 행진하는 모습이 떠오른다. 왠지 불온하고 소름이 끼쳐 그만두고 싶은데, 나도 모르게 한참을 상상하고 만다.

폭소

폭소는 원한다고 쉬이 얻어지는 게 아니다. 폭소는 돌아오지 않는다. 폭소에 대해 생각하다 보면 나는 늘, 흠, 하고 고개를 끄덕이게 된다.

키득, 한 번 웃고 말 사건이나 농담은 나중에 다시 생각하면서도 키득거릴 수 있고, 다른 사람에게 전하면 그 사람 역시 키득 웃을 수 있다. 하지만 폭소는 그렇지 않다.

폭소는 일종의 광기, 조그만 광기라고 생각한다.

한 인간의 내면에서 무언가가 무언가를 건드리는 것이다. 건드림을 당한 쪽의 무언가는 그 사람의 인생 전체와 연결된 것이고,

그 근간이 깊은 혼돈 속에 있기에, 웃음이 끝없이 터져 나온다. 끝없이 재미가 이어진다.

한 개인이 폭소를 터뜨리는 경우도 있고, 그 자리에 있는 모두가 폭소를 터뜨리는 일도 있다. 모두가 폭소하는 경우, 그 자리에 조그만 광기가 발생한 것이다. 같은 이유 또는 같은 계기로 웃기 시작했을 텐데, 폭소는 어떤 유의 발작과도 비슷해 개인적이다.

10대를 가리켜 바람에 구르는 낙엽만 보아도 재미나는 시절이라고 한다면, 그 나이 때가 별 자각 없이 광기를 드러내기 쉬운 시기인 것 아닐까 하는 생각도 든다.

폭소를 터뜨렸을 때의 일을 생각하면, 대체 뭣 때문에 그렇게 웃었을까 의아한 경우가 많다. 극단적으로는, 웃으면서도 뭐가 그렇게 우스운지 모른다는 것을 알기도 하고, 또 그렇게 말하기도 한다. 웃고 있는 동안, 그 웃음이 다른 감정을 환기한다. 그리고 누구와 함께 그렇게 웃고 있다는 것에 대한 감상—기쁨, 행복감 혹은 반대로 기묘함, 걱정, 자포자기하는 마음, 이런저런—과 이어지면서 웃음이 박차를 가한다.

친한 사람끼리 있을 때만 폭소하는 것은 아니다. 잘 모르는 사람이나 그다지 좋아하지 않는 사람과 있을 때도 가능하다. 하지만 폭소를 공유하는 것은 특별한 일이므로, 그런 일이 한 번 있으면 친근해질 수 있다. 잠시뿐이지만, 친구가 될 수 있다.

면 세 점

문화와 풍경이 다른 외국에 즐겨 나가고, 다르면 다를수록 신선하고 흥미롭다. 그런 한편, 돌아가는 길, 대도시 주변의 드넓은 공항에 도착해 번듯하고 충실한 화장실과 커피숍을 보면 왠지 안도감을 느낀다. 그런 일상적인 안도감이 좋으면 굳이 여행할 게 뭐 있느냐고 나무라고 싶은 마음이 내 안에 조금은 있기에, 공항에서 안도하는 나 자신이 늘 한심스럽다. 그 속을 알 수 없는 장소에 가고 싶어 떠나왔는데, 그 속을 알 수 있는 장소에 도착하자 안도하다니 이상하다고 생각한다.

그중에서도 면세점 냄새를 맡았을 때 느껴지는 안도감이 가장

취하기에 부족하지 않은

이상하다.

　면세점은 어느 곳이든 엇비슷한 것들만 파는 시답잖은 곳이 아닌가. 손님들로 북적거리는 일도 많고, 조금 싸다고 해서 별 필요도 없는 것을 사는 것은 어리석은 짓이고, 또 원하는 물건은 거기에 없다. 있다 해도 장소가 그렇다 보니 구매욕이 떨어진다.

　인사치레용 선물이 필요한 사람에게는 편리한 곳일 수도 있겠지만, 나는 그럴 일이 없으니 면세점에는 좀처럼 발을 들여놓지 않는다.

　그런데도 걸어 다니다가 면세점 냄새―화장품 매장의 냄새, 새 포장지의 냄새―를 만나면 은근히 반갑다.

　진열장에 조르륵 놓여 있는 향수병, 알록달록한 초콜릿 상자. 별 대단한 것들은 아니다. 그런데도 반갑다. 걸음을 내디디며 숨을 크게 들이쉬어 그 냄새를 확인하려 한다. 사막이나 숲, 호수, 흙먼지 나는 길, 가게가 하나밖에 없는 섬, 아무튼 여행했던 장소에서 자신의 몸이 쓱 떠나는 것을 느낀다.

　어느 나라의 공항에서든, 그곳은 아직 일본이 아닌데도 돌아왔

다고 생각한다. 물건과 사람이 넘치고 일해서 번 돈을 소비하는,
일상의 장소로 돌아왔다고 생각한다.

괜찮다는 것

운전면허가 있으니까 지금 당장 핸들을 잡아도 법률 위반이 아니다. 아무도 나에게 뭐라 하지 않는다. 그렇게 생각하는 자신이 놀라워, 거의 어이가 없을 정도다. 놀이 공원에 가서도 미니카 하나 타지 못했던 아이였는데, 그리고 그 무렵의 나와 지금의 내 운동 능력에 별 차이가 없는 듯한데, 40년 가까이를 살다 보니 어쩌다 운전면허를 따고 만 것이다.

케이크 가게에 들어가서도, 진열된 케이크 가운데 어떤 것이나 얼만큼이든 사도 괜찮다고 생각하면, 그때마다 놀랍다. 속에서 기쁨이 몽글몽글 피어오른다.

　절대 돈의 문제는 아니다. 케이크를 스무 조각씩 사도 아무도 뭐라 하지 않고, 아무도 이상하게 여기지 않는다는 것. 주위의 눈치를 살피며 움찔거리지 않아도 된다는 것. 아마도 다른 사람들은, 손님이 꽤나 많이 오는 모양이지, 하고 상상할 것이다.

　모르는 사람이 있는 곳에서 움찔거리지 않아도 된다는 건 참 마음 편한 일이다. 자유를 그렇게 정의해도 좋지 않을까 싶을 만큼.

　운전을 하든 말든, 케이크를 몇 개 사든, 다 내 마음이란 사실이 때로 놀랍고, 실제로도 놀란다. 아직도 그 사실에 충분히 적응하지 못한 것이다.

이런 말을 당당히 하는 것은 물론 부끄러운 일이리라. 하지만, 역시 아직은 익숙하지 않다.

복잡한 전철을 탔을 때면 간혹 생각한다. 모두들 당연하다는 표정으로 어른처럼 행동하고 있지만, 사실 과거 어느 때에는 모두 어린애였다. 거짓말을 하고 투정을 부리고 울고 떼를 쓰고 목욕을 싫어하고 잠자다 오줌을 싸고 이를 닦지 않는 어린애였다. 그런 생각을 하면 신기하면서도 끔찍하다. 말이 통하는 어른 같은 얼굴을 하고 있지만, 말이 통하지 않는 어린애가 성장했을 뿐이다. 그러니 믿을 수 없다.

어린이에게는 세계가 온통 불합리하다. 내게는 그 시절의 기억이 아직도 절절하게 남아 있다.

옮긴이의 글

작가 에쿠니 가오리에게는 일상의 자잘하고 사소한 것들이 아주 소중한가 봅니다.

하다못해 누런 고무줄 하나도, 서랍 속에 간직한 쥐치 껍질도, 차를 타고 지나가다 마주친 신호등도, 어린 시절 기억 속에 남아 있는 트라이앵글도, 설거지하는 스펀지도, 책받침도, 완두콩밥도, 리본도,

그녀의 눈길이 닿으면, 생명을 얻어 나름의 역할과 의미를 지닌 새로운 것으로 태어납니다.

생각해보면 우리네 하루하루도 이렇게 자잘하고 사소한 것들로 이루어져 있는데,

우리네 눈에는 그저 자잘하고 사소하기만 한 것들이라서 늘 무심히 스치고 지나갈 뿐,

새 생명을 부여하지도, 새로운 의미를 찾아내지도 못하지요.

그래서 그녀의 에세이를 읽는 즐거움은
작은 것들에 쏟아지는 애틋함과
작은 것들마저 놓치지 않는 늘 깨어 있는 의식과
새로운 의미를 탄생케 하는 애정 어린 숨결을 느끼는 즐거움이며
그녀의 일상을 엿보는 동시에,
그런 것들이 그녀의 작품에서 어떻게 살아 움직이는지를 알게 되는,
그런 즐거움입니다.

2009년 2월
샛노란 프리지어가 화사하게 봄 내음 풍기는 거실에서
김난주